# MANFRED HELLWEG

# Čežnja

# za

# Opatijom

# MANFRED HELLWEG

## Čežnja za Opatijom

*ili:*
*Jedan*
*„Dnevnik odmora*
*s nevjerojatnim Otkrićima"*

© 2021 Autor: Manfred Hellweg

Herstellung und Verlag:
BoD – Books on Demand, Norderstedt

ISBN: 9783755737971

## Predgovor

Zbog rata u tadašnjoj Jugoslaviji, malo prije prijelaza tisućljeća, vjerovali smo da Opatiju više nikada nećemo vidjeti. Nezamisliv odmor u ratnoj zoni!

Moj svekar i svekrva krajem 1990 odlučili su svoj godišnji odmor opet provesti u Opatiji i bili su oduševljeni. Velike promjene, obnove i t.d. izmamile su turiste natrag u zemlju.

Probudila su se sjećanja na mnoge prekrasne godišnje odmore, htjeli smo ponovno vidjeti Opatiju.

Posebno se zahvaljujem svojoj prijateljici Ljubici Pošćić za prijevod ove knjige na hrvatski jezik.
Ljubica je već moje dvije knjige, priče za djecu, prevela na hrvatski.
„RUDOLPH  Sob crvenog-nosa" i
„Posada Sobova Djede Božićnjaka"

## Opatija,
## biser Jadrana, nedostajala si nam!

Bilo je to davne 1968 godina, tada smo prvi puta bili u Opatiji.

Nevjerojatnih 56 godina u sretnom sam braku sa mojom suprugom Verom. 1965 godine rodilo se naše prvo dijete, sin, kojemu smo dali ime Frank. Od početka našeg braka Verina obitelj srdačno me prihvatila i odmah akceptirala. Nije ni čudo što sam bio oduševljen njezinom obitelji.

Svoj stan tada još nismo imali. U tadašnjem vremenu nije bilo lako pronaći povoljan stan, koji bi ispunio naša očekivanja. Imali smo sreću da smo mogli živjeti zajedno sa Verinim roditeljima. Kod njih smo se osjećali vrlo ugodno.

Zajedničkim životom sa roditeljima upoznali smo i njihove prijatelje i poznanike. Nije bilo poteškoča u kontaktima, iako smo bili najmlađi u ovoj opuštenoj grupi. Razvila se zajednica u kojoj smo se ugodno osjećali.

Jednog dana dogovorili smo se, da se u jednom 14-dnevnom ritmu sastajemo. Ugodno druženje odvijalo se izmjenično u obiteljima. Muškarci su odlučili tih večeri igrati skat, a o kojim su temama naše žene raspravljale, nemam pojma, to je ostala "Knjiga sa sedam pečata". Malo po malo, Verin brat sa suprugom, kao i sestrična moje punice sa suprugom, pridružili su se ovoj grupi.

Na kraju runde Skata, zajedničko druženje završilo je ugodnim razgovorom. Neizbježna tema bila je uvijek, provedeni divni godišnji odmori u tadašnjoj Jugoslaviji. Hans i Friedel bili su pokretačka snaga, jer su već nekoliko puta u Opatiji proveli svoj godišnji odmor. Kad se razgovor poveo o Opatiji, mi koji nismo ni znali gdje je Opatija, mogli smo na njihovim licima pročitati, kako su grad i more tamo prekrasni.

Jednom započeto, oduševljenju nije bilo kraja. Verini roditelji bili su direktno oduševljeni. Tako smo saznali za Adria-Express, jednom specijalnom vlaku turističkih agencija. Posebnost ovog putničkog vlaka bila je u tome što se sastojao od kušet vagona, gdje su se sjedala noću pretvarala u spavače ležajeve. Vozio je direktno do stvarnog odredišta u Jugoslaviji, tako da se tijekom gotovo 22 sata dugog putovanja nije moralo presjedati.

Konačno odredište bio je lučki grad Rijeka, otprilike 15 km istočno od Opatije. Oni su imali sreću da je vlak stao u Matuljima, jednu stanicu prije Rijeke. Od Matulja je bilo samo nekoliko minuta vožnje taksijem do Opatije.

Zbog ponovljenog entuzijazma i zanimljivih priča o divnim godišnjim doživljajima u Jugoslaviji, zgrabila je i nas 1968 putna groznica. Zajedno s jednim sprijateljenim bračnim parom iz našeg plivačkog kluba, odlučili smo zajedno putovati sa Adria-Expressom u tu za nas potpuno nepoznatu zemlju.

Eto,tako je došlo do toga da smo i mi prvi puta Opatiju posjetili 1968.

Jugoslavija je pripadala tadašnjem "takozvanom" Istočnom bloku. Gotovo sve zemlje istočno od "željezne zavjese" bile su pod komunističkom kontrolom i njima su upravljali socijalisti. Ovom savezu pripadala je i Jugoslavija.

Bilo je gotovo nemoguće putovati u zemlje iza „željezne zavjese". Samo tadašnji Jugoslavenski Predsjednik i partizanski vođa Tito usudio se izbjeći komunističku kontrolu.

Omogućio je, da Jugoslavija bude prva i jedina zemlja koja se otvorila prema Zapadu. Tako smo mi morali biti Titu zahvalni, što smo naš prvi veliki, zajednički godišnji odmor mogli provesti u Opatiji.

Međutim, vožnja Adria Expressom nije bila tako jednostavna za nas, kao što je opisana. Vrijeme u Austriji nas je izigralo. Veliko nevrijeme i jake kiše toliko su uništile rutu vlaka i isprale tračnice kroz jedan dio Austrije, pa je vlak morao voziti zaobilaznom rutom preko Graza i Maribora.

Zbog toga smo u Rijeku stigli tek nakon 26 sati vožnje vlakom. U Matuljima se, kako je planirano, uopće nije zaustavio, već je vozio dalje do Rijeke. Usred noći stigli smo potpuno iscrpljeni u jedan strani grad, te smo morali još cirka 15 km taxijem do Opatije.

Iz mnogih priča Verinih roditelja sjetili smo se, da je bilo lako doći iz Matulja u Opatiju. Ali sad stojimo u Rijeci, ne govorimo, niti ne razumijemo jugoslavenski i nismo znali kako dalje.

Srećom, taksist je razumio nekoliko njemačkih riječi i razumio da hočemo u Opatiju. Dakle, put do Opatije bio je siguran. Iz sigurnosti su nam Verini roditelji za svaki slučaj dali nekoliko dinara, koji su im ostali od prošlogodišnjeg odmora, inače ne bi mogli platiti taksi. Nismo znali možemo li platiti sa DM (Njemačkim markama).

Tijekom "hladnog rata", plačanje našom svuda popularnom DM, kao i privatno mjenjanje za dinare bilo je strogo zabranjeno. Jedina valuta koju je Jugoslavija koristila bio je dinar. U Njemačkoj smo imali sreću i mogli smo mijenjati DM u bilo koju valutu. U svim komunističkim zemljama morali smo se pridržavati službenog tečaja vlade i novac smo mogli mijenjati samo u legalnim mjenjačnicama.

Od Hansa smo saznali, da su novac mijenjali kod svojih prijatelja ispod ruke, dakle na crno, kako bi dobili bolji tečaj. Razumjeli to nismo,ali smo primjetili, da je to stvarno tako i da obadvije strane imaju koristi od toga.

Na svu sreću mogli smo sa poklonjenim dinarima platiti naš taksi za cirka 15 km dugačku vožnju do Opatije.

Budući da je bila noć, od okoline nismo vidjeli ništa, jedino sjenu na desnoj strani, te smo mogli samo nagađati da su to brda.

Što smo se više približavali Opatiji, kuće su postajale sve starije. Iz mnogih priča znali smo da je većina njih još uvijek iz „k. u. k. vremena" austrijske monarhije. Mnoge zgrade i vile podsjećaju na doba kada je Opatija još pripadala Austriji. Arhitektonski stil bio je nepogrešiv. Zbog toga je Opatija u to vrijeme bila toliko popularna na austrijskom dvoru.

Austrijski car Franz Joseph I. imao je ovdje svoju ljetnu rezidenciju. Ništa od toga tijekom naše noćne vožnje nismo mogli prepoznati. Ulice su postajale sve uže, iz Matulja smo imali predivan pogled na Kvarnerski zaljev, koji nam je ležao direktno pred očima i zbog svjetla iz okolnih kuća izgledao romantično. Mirisalo je na more. Sad više nije moglo biti daleko.

Naš vozač iskrcao nas je direktno ispred kuće jugoslavenske obitelji, u kojoj su za vrijeme odmora stanovali Hans, Friedel i Verini roditelji. Unatoč ponoći, dočekala su nas dva ljubazna mladića i pozdravili na slomljenom njemačkom jeziku, ali smo ostali zadivljeni domaćinima koji su prilično dobro govorili njemački.

Boris i Marija odmah su nas prijateljski prihvatili u svojem stanu, pokazali nam naše sobe i pozvali nas na jedan ponoćni obrok u kuhinji.

Naši domaćini gledali su sport na TV-u. Iznenađenje je bilo veliko, prenosila se vaterpolska utakmica između jedne nizozemske i jedne jugoslavenske momčadi. Moj vaterpolski kolega znao je, da jugoslavenska momčad pripada najboljim timovima na svijetu. Ta izjava izmamila je osmijeh na licima naših domaćina i u to ime zajedno smo popili još jednu malu šljivovicu.

I već je bilo dovoljno materijala za razgovor. Dok smo umorno pratili tijek vaterpolske igre, Marija nas je poslužila rižotom sa škampima. Gledati televiziju i jesti, nije bila baš dobra ideja, prekasno smo primjetili da su škampi u ljuskama. Tek kad smo zagrizli, primijetili smo da ljuske nisu uklonjene. Bilo je velikog smijeha.

Bili smo preumorni od duge vožnje vlakom i te prve večeri pali smo poput muha u krevet. Ništa od suptropske topline te prve noći u Opatiji nismo osjetili.

Iznenadna svijetlost i ulična buka rano ujutro, naglo su nas probudili. Marija je pripremila doručak, bila je naravno malo znatiželjna i željela je znati kako su Verini roditelji, te Hans i Friedel. Borisa i njegovih sinova, Darka i Davora, nije bilo na vidiku. Već su bili na poslu.

Na naše pitanje gdje u Opatiji možemo zamijeniti DM za dinare, ljubazna Marija nam je to objasnila i također opisala put do luke i plaže Lido. Najprije smo otišli u mjenjačnicu.

Krenuli smo do opatijske luke i uputili se u šetnju 12 km dugačkim "Lungomare", šetnicom uz more koju je uredio car Franz Joseph I.

Jedna strana vodi prema sjeveru u smjeru Rijeke do malog ribarskog mjesta Volosko, a druga na južnu stranu, pored malih sela Ičići i Ika, do Lovrana.

Plaža Lido nalazila se u blizini opatijske luke. Ovdje smo prvi puta u životu plivali u slanoj morskoj vodi. Nije to za nas plivače baš A i O, jer mi smo navikli na neslanu vodu u bazenu. Ali i to smo morali probati.

Naše žene bile su iznenađene, jer ih je slana voda dobro nosila tijekom plivanja. Nijedna od njih nije to poznavala.

Svidjelo im se i to što se nisu morale toliko koncentrirati na plivanje. Kao što je poznato slana voda nosi, tako da jednostavno mogu i bez plivanja ostati na površini. Kakvo iznenađenje, posebno za moju suprugu, koja je u početku bila vrlo nesigurna.

S plaže Lido imali smo fantastičan pogled na park Angelina, Villu Angelinu i najstariji opatijski hotel izgrađen 1884 godine, hotel Kvarner.

Zamišljen kao sanatorij za plućne bolesti, sve više i više ga je koristio car Franz Joseph I iz Austrije kao ljetnu rezidenciju. Tada su tamo živjeli najvažniji i najpoznatiji ljudi Austro-Ugarske monarhije i aristokracije.

Nismo si mogli priuštiti smještaj u "Kvarneru", bio nam je preskup. Tada smo bili sretni što imamo privatni smještaj. Budući da smo tamo stanovali vrlo povoljno, mogli smo si godišnji odmor uopće priuštiti.

Plaža Lido bila je nešto posebno čak i za to vrijeme. Morali smo platiti ulaz, a sa pićem smo se mogli opskrbiti kod kupališnog majstora "Peppi". Bilo je tuševa i svlačionica, pa čak i cirka 3 metra visoka odskočna daska ugrađena u stijenu. Također prastaro drveno kupalište, još iz "k. u. k. Zeit" izgrađeno u stražnjem dijelu direktno na zidu, s primitivnim tuševima, svlačionicama i zahodima.

Mali zaljev vodio je od restorana Lido i istoimene plaže do vanjskog čoška terase hotela Kvarner. Plaža je bila osigurana za kupače, mrežama protiv morskih pasa. Te su mreže bile čvrsto usidrene u dno zaljeva i nisu se mogle vidjeti izvana. Nismo htjeli vjerovati da mreže pružaju zaštitu od morskih pasa, jer smo mislili da morski psi neće zalutati u ovaj mali zaljev za kupače.

Ali, bili smo bolje poučeni. Velika Riječka ribarska luka nalazila se nasuprot Kvarnerskog zaljeva i luke Opatija. Ovoj ribarskoj luci pripadao je, u neposrednoj blizini, jedan pogon za preradu ribe.

Stoga nije ni čudo što su morski psi znali zalutati u ovaj zaljev, jer od ribljeg otpada očito su bili dobro „posluženi". Uz to, dolazeći brodovi u glavnu Riječku luku jednostavno su bacali svoj otpad preko palube. Bila je to prava gozba za morske pse. Time su bili privučeni.

Nas četvero imali smo prekrasna 2 tjedna godišnjeg odmora. Bili smo uronjeni u sasvim drugi svijet. Gotovo svugdje gdje smo se zaustavili, bili smo pozdravljeni na našem materinjem jeziku i čudili se da mnogi Jugoslaveni govore njemački. Od naših smo domaćina doznali da djeca već u osnovnoj školi uče njemački, a talijanski kao drugi jezik uz to.

To su bile posljedice Austrijanaca, Mađara i Talijana, jer su svi jednom ovaj komad zemlje nazivali svojom. U to vrijeme bilo je to glamurozno odmaralište na moru, a ujedno i zimsko lječilište Dunavske monarhije.

Villa Angelina i hotel "Imperial" samo su neke od velebnih zgrada iz toga doba.

Naših 14 dana u Opatiji prošlo je prebrzo. Godišnji odmor je bio jako lijep, a ujedno je to bio prvi godišnji odmor bez našeg sina. Njega smo mogli, bez loše savjesti, pouzdano ostaviti kod supruginih roditelja. Kod njih je bio u najboljim rukama.

Nakon povratka u Njemačku, naravno, na našem sljedećem susretu, detaljno smo opisali naš godišnji odmoru u Opatiji. Sa svih strana bili smo bombardirani pitanjima. Samo "lokalnim poznavateljima" nismo mogli opisati ništa novoga. Zajedno smo odlučili naš sljedeći odmor opet provesti u Jugoslaviji.

Sljedeće godine smo naravno kao i prošle godine, odveli Verine roditelje na vlak. Imali su   četiri tjedna godišnjeg odmora. Htjeli smo istovremeno sa njima provesti i naš godišnji odmor u Jugoslaviji. Ali ne s Adria-Expressom, bojali smo se da nas opet ne iznenadi oluja u Austriji. Bilo nam je dosta putovanja vlakom.

Naš plan je bio, usuditi se sa autom i našim četverogodišnjem sinom Frankom, na tu dugu vožnju kroz pola Austrije do Jugoslavije. Budući da našeg sina nije bilo na prvom odmoru, nismo željeli nikada više Jugoslaviju posjetiti bez njega.

Unaprijed su naši roditelji pronašli drugi veći smještaj za sebe i nas u blizini Marije.

Pred nama je bilo avanturističko putovanje od 1250 km vlastitim automobilom. Nakon dugog razmišljanja, odlučili smo na put krenuti u petak nakon posla. Uz puno sreće, mislili smo, nećemo ući u zastrašujućugužvu u prometu. Tada nije bio ni približno tako veliki promet kao danas. A naš sin mogao bi možda prespavati noć na stražnjem sjedalu.

Tako je moja mala obitelj došla po mene i pokupila me s mog radnog mjesta. Sjeo sam za volan i odvezli smo se.

Vožnja noću nije mi predstavljala problem, bio je to pravi oporavak. Autoceste nisu bile tako prometne kao po danu i prema današnjem prometu bile su vrlo prazne. Raspitali smo se u ADAC-u i pomoću Autokarte Njemačke i Austrije odredili našu rutu.

Putovanje je išlo preko Frankfurta, Würzburga, Nürnberga, Münchena, pravac Salzburg. Dalje do Bad Gasteina, gdje smo se morali ukrcati u vlak za prevoz automobila kroz tunel do Mallnitza.

Od Mallnitza vozilo se tada alpskim cestama do Seeboden i Villacha. Prošli smo pokraj Kranja, kroz Ljubljanu, Pivke, Rupe, Matulji do Opatije.

Bilo je rano jutro kada smo stigli do Matulja i stvarni cilj Opatiju imali smo ispred naših očiju. Matulji leži oko 11 km prije Rijeke na planinskim obroncima Učke. Iz Matulja smo imali pogled direktno na Kvarnerski zaljev, koji je bio oko 180 m niže ispred nas. Pogled na Kvarnerski zaljev bio je jedinstven.

Gledali smo izlazeće sunce i osjećali miris slanog mora. Bilo je to stvarno uzbudljivo za nas troje. Preostalih metara do Opatije, samo 4 km, prošlo je vrlo brzo kao u letu.

Naša prva stanica u Opatiji bio je stan Borisa i Marije. Marija nas je odvela do novog smještaja Verinih roditelja. Bio je to mali Pansion, samo stotinjak metara dalje od njihova stana. Već su nas ovdje nestrpljivo očekivali Verini roditelji te Hans i Friedel.

Vlasnice Pansiona bile su dvije starije dame, sestre Jačić. Izgled Pansiona bio nam je poznat iz starih austrijskih filmova. Često smo se smijali tim filmovima. Sad, ovdje kod Jačić, to je odjednom postala stvarnost i mi smo bili usred nje. U prizemlju na zidu bila je pričvršćena kutija s brojevima soba. Točno se moglo vidjeti, koja je soba zvala poslugu a osoblje je odmah znalo u kojoj je sobi potrebna pomoć.

Gospođe Jačić su nas dočekale s radošću i odvele nas u našu sobu na drugom katu. Soba Verinih roditelja bila je točno ispod naše, Hans i Friedel u sobi do njih. Nakon duge vožnje mogli smo kod sestara Jačić, u njihovoj kuhinji u prizemlju, obilno doručkovati. Tu smo se odmah osjećali kao kod kuće.

Gospođe Jačić odmah su se zaljubile u našeg sina Franka. Imao je potpunu slobodu kretanja kod njih. Budući da niti jedno od nas nije bilo umorno, već prilično uzbuđeno zbog duge vožnje, odlučili smo nakon doručka s roditeljima otići na plažu.

Bilo je otprilike 100 m do glavne ulice, dalje kroz park, pored vile Angelina i već smo bili na blagajni kod ulaza na kupalište. Kupalište Lido poznavali smo od prošle godine, i dalje je izgledalo isto, ništa se nije promijenilo.

Nismo se trebali brinuti oko cijene ulaznica, to je učinila moja punica. Blagajnicu je poznavala niz godina i s njom je sklopila neki sporazum. Za našu obitelj, ali i za ostatak društva, ona je regulirala cijenu ulaznica za sve godine koje smo tamo proveli na godišnjem odmoru.

Našli smo mjesto uz moga tasta gdje smo mogli raširiti svoje stvari i najprije se spustili preko stjenovitih stepenica u more da se osvježimo.

Frank još nije znao plivati, te je ostao s bakom i djedom dok smo mi bili u vodi.

Moj tast radio je svakojake budalaštine sa svojim unukom. Da se ne opečemo na izuzetno jakom lipanjskom suncu, prethodno su u ljekarni kupili ulje za sunčanje kojim smo se morali namazati.

Godinama prije, po savjetu sestara Jačić, to su ulje uvijek kupovali u ljekarni i njime se mazali nekoliko puta dnevno na plaži. Nama zaista nije bilo lijepo osjećati tu masnoču na koži, ali oni su inzistirali na tome. Ova mješavina iz ljekarne, rekli su nam, taman je za našu kožu na ovom žarkom opatijskom suncu.

Ispostavilo se kasnije da su bili u pravu, ali bilo je to neugodno. Nisam htio to ulje na svojoj koži, ali nisam želio niti riskirati da dobijem opekline od sunca.

Hans i Friedel upoznali su nas s bračnim parom iz sjeverne Njemačke, Heinzom i Lisbeth, kojeg su poznavali iz prethodnih godina. Heinz je bio veseli vatrogasac opran svim vodama. Imao je to lukavstvo iza uha. Njegova supruga Lisbeth, rođena

Jugoslavenka, bila je iza tri ugla daljnja rodbina sa Marijom i Borisom.

Na Lidu smo upoznali mladi par iz Holandije i sprijateljili se s njima. Heinz, vatrogasac, nije mogao a da se ne našali na račun Holandeskinje. Došla je na plažu ujutro blistava i dobro raspoložena, brzo postavila svoju ležaljku, nauljila se od glave do pete i ispružila na žarkom suncu.

I to već, nekoliko dana zaredom, rekao nam je. Nije ustajala, s vremena na vrijeme se okretala, željela je besprijekorno preplanuti. Heinz to uopće nije mogao razumjeti, pa se raspitao kod njezinog supruga Lea o Lidijinom psihičkom stanju. Kako Holandez Leo, nije dobro razumio pitanje gledao nas je svojim velikim očima i želio je od nas znati što to znači – psihičko stanje.

Objasniti Leu ovaj vic nije bilo tako lako, svi su se dobro nasmijali. Tako smo se dobro zabavljali s Holandezima a i oni s nama!

Od tada su očito liznuli krv i nikad nas nisu pustili iz svojih kandži. Pripadali su našoj grupi kao da je to oduvijek bilo tako.

Sad smo bili grupa od deset odraslih i naš sin. Nekoliko dana kasnije pridružili su nam se sestrična moje punice Lola i njezin suprug Sepp. Tucet je bio pun.

I oni su bili smješteni u Jačićevom pansionu. U malom pansionu bilo je dovoljno soba, sastojao se od 3 kata. Još je više ljudi moglo tu pronaći smještaj.

Na Lidu smo ostajali skoro cijeli dan. Svi smo se dobro zabavljali i imali dosta tema za razgovor. Za tjelesnu dobrobit najviše su se brigovali Verini roditelji. Piće smo mogli naručiti kod kupališnog majstora „Peppi" a ako smo ga nagradili sa jednim "pivo", bio je posebno ljubazan prema nama. Inače je uvijek bio mrzovoljan i stalno brundao, ali ga ništa nije moglo uznemiriti.

Nakon obilnog sunčanja i ludovanja u vodi, dogovorila se cijela grupa da se pred večer okupimo na ugodnom druženju. Većinom smo išli u restoran na večeru.

Tada se to često pretvaralo u "Pinta večer" ili smo udobno sjedili i zabavljali se cijelu večer uz pivo, rakiju ili vino.

Također smo ostajali u mini vrtu našeg pansiona ili vrijeme provodili na terasi, gdje smo cijelu večer mogli pratiti događanja opatijske vatrogasne službe.

Sa terase smo imali pogled, baš kao iz prvog reda, na vatrogasni dom i na ono što se oko njega događalo. Ponekad je takva večer završila u striptiz baru gotovo iza ugla i vidjeli smo „neozbiljnosti" kakve se u našem malom gradu kod kuće, nisu vidjele.

Nismo se trebali brinuti zbog Franka. Bio je u dobrim rukama kod naših domaćica. Pazile su da ne odlazi na spavanje prekasno navečer i ujutro ga, dok smo mi bili još prilično pospani, dobro ugostile s doručkom u njihovoj kuhinji.

Ovaj 3-tjedni odmor u Opatiji bio je najbolje što nam se dosad dogodilo, jednostavno se nije mogao nadmašiti. Ujutro smo, nakon obilnog doručka, uvijek s torbama i vrećicama odlazili na more. Moj je tast obično bio tamo vrlo rano i za cijelu grupu zauzeo je mjesta s najboljim pogledom.

Direktno u prvom redu, tako da smo se morali samo spustiti stepenicama ugrađenim u velike stijene, da bismo skočili u vodu. Naš je sin bio toliko lud za vodom da sam ga morao uzeiti na ruke i plivati s njim.

Nekoliko dana kasnije, Frank je mogao plivati bez naše pomoći. Bilo je to uobičajeno "pasje veslanje", ali kad sam to vidio, nisam se više morao brinuti za njega.

Čak se i Vera zabavljala plivajući pored mene kroz valove do mreže morskih pasa. Znao sam da zna plivati, ali tek kad sam bio pokraj nje u vodi, pobijedila je strah od velike vode. Nakon nekoliko dana čak je i plivala bez moje stalne pratnje.

Nas troje i naši roditelji često smo u podne izlazili na ručak. Verini roditelji otkrili su kantinu na svojim prethodnim odmorima u Opatiji. Nije bila daleko od našeg pansiona. Ova kantina nalazila se točno iznad stražnjeg dijela tržnice na gornjoj ulici blizu pošte, na jednoj ogromnoj krovnoj terasi.

Ovdje smo mogli sami odabrati hranu, kao na švedskom stolu, a bila je i jeftina. Uživali smo u ručku pod vedrim nebom na krovu tržnice. Zapravo je ova kantina bila namijenjena mnogim učenicima iz obližnje škole koji su tu dolazili jesti.

No i turisti koji su se ovdje dobro snašli, profitirali su također od jeftine hrane.

Frank se jako zabavljao, kao i sva djeca, hraneći tamošnje golubove. U to vrijeme nije pridavao veliku važnost hrani. Upravo suprotno bio je moj tast. Za njega je kantina bila institucija. Jednostavno je volio jesti!

Nakon ručka u kantini moji su se tast i punica vratili u pansion na poslijepodnevni odmor i osvježeni se vratili na plažu. Ponekad smo se i mi odlučili na to.

Uobičajno popodne uključivalo je opuštanje na suncu, kupanje u divnoj vodi i čavrljanje sa svima u našoj grupi.

Bilo nam je jako zabavno jedni s drugima, a posebno sa našim sinom. Frank je bio nešto posebno, znao se svima ušuljati u srce. Kod svih je bio „Kamen u dasci".

Cijeli dan ljenčariti, nedostajalo nam je ipak malo kretanja. Stoga smo se dogovorili za jednu večernju šetnju po Lungomare do ribarskog mjesta Volosko.

Sastali smo se u maloj luci. Zajedničkom šetnjom kamenitim Lungomare stigli smo do Voloskog. Nerijetko smo na živicama i kamenju vidjeli bezbroj krijesnica, koje su se mogle vidjeti samo u potpunom mraku, kasno navečer. Bio je to sjajan prizor.

Čak smo imali i dječja kolica za Franka. Ali kad si je zabio u glavu da hoda, put do Voloskog uvijek je tada prošao dva puta. Otrčao je nekoliko koraka naprijed, pa natrag do nas. Uglavnom je bio preumoran za povratak i bez prigovora pustio je da ga vozimo u kolicima.

Volosko je malo ribarsko mjesto s izvrsnim restoranima, tik uz mul. Pogled na Rijeku i otok Krk bio je neodoljiv. Ovdje smo mogli naručiti lignje ili srdele na žaru po pristupačnim cijenama. Naravno, i druge stvari poput pljeskavice, ražnjića i t.d.

Ove večeri u sanjivom Voloskom bile su jako zabavne. Uz tipično jugoslavensko crno vino, pivo, Stari-Grančar, Maraskino ili Šljivovicu, ovisno o ukusu, svi su uživali u blagoj ljetnoj večeri.

Naša "trupa na odmoru" uvijek je bila dobro raspoložena i nikad se nisu čule glupe primjedbe. Put do kuće obično je trajao malo duže, jer su neki od nas, pogledali malo preduboko u čašu.

Uspjeli smo po Lungomare hodati bez ikakvih tegoba i neozlijeđeni a put do kuće uvijek smo pronašli.

Kada bi naša šetnja drugi puta išla u smjeru Lovrana, već smo startali popodne, jer je Lungomare uz obalu, pored Ičića i Ike , bio najmanje dvostruko duži nego do Voloskoga.

Zaustavili smo se kod Evelin i njenog tipičnog jugoslavenskog restorana i ondje pojeli najbolje jugoslavenske specijalitete s roštilja te pili ukusno crno vino iz Bregi, iznad Opatije. Natrag do Opatije iz Lovrana većinom smo se vozili autobusom, sve se svodilo na to u kakovom je raspoloženju prošla večera.

No, ako smo se dogovorili za jednu zajedničku „Pinta večer", ostajali smo u Opatiji, večerali ili u Starini, ili na Boćarskom igralištu ili u Istranki, tik do vatrogasne službe, nekoliko koraka od tamo preko dvorišta i bili smo kod kuće.

U vrijeme godišnjih odmora bilo je uvijek nekoliko važnijih događaja, kao na primjer, rođendan. Naravno da su navečer svi bili pozvani na malo rođendansko slavlje. Moj tast organizirao je to s domaćinom restorana "Lido" i naručio na terasi dugački stol za cijelu večer. Često smo bili jedini gosti.

S terase smo imali prekrasan pogled na more a u pozadini svjetla Rijeke. Hrana i piće bili su spremni. Pjevalo se i plesalo do kasno u noć. Sljedeće jutro na plaži vidjeli smo efekte proslave na licima. Svi smo uživali u miru, suncu, i u vodi.

Nakon tri tjedna završilo je za Veru, Franka i mene lijepo vrijeme u Opatiji. Teška srca morali smo krenuti na put za Njemačku. Roditelji i nekoliko naših prijatelja ostali su još neko vrijeme u Opatiji.

Veliki oproštaj na dan odlaska. Spakirana hrana za povratak. Pred nama je opet bilo 1250 km. Na rastanku obećali smo svima,da ćemo sljedeće godine u isto vrijeme biti u Opatiji. Cijelu smo godinu živjeli za sljedeći godišnji odmor.

1970 od 21. svibnja - 21. lipnja

Svjetsko nogometno prvenstvo u Meksiku

Naš sin je u međuvremenu navršio 5 godina. Od samog početaka našeg braka planirali smo naš život s dvoje djece. Dugo smo pokušavali, ali s trudnoćom jednostavno nije klapalo.

Naša želja trebala bi se zapravo brzo ostvariti, oboje djece trebalo bi se svakako igrati zajedno.

Ako je razlika u godinama prevelika, prava povezanost između dvoje djece ne može se razviti, mislili smo. Doživio sam to, moj brat bio je osam godina mlađi od mene.

No, nismo se predali i stavili smo sve nade u ovogodišnji odmor u Opatiji. Promjenom zraka trebalo bi se navodno dogoditi čudo, tako se kaže u narodnom jeziku.

Zato smo se posebno veselili ovogodišnjem odmoru u Jugoslaviji. Susreli smo sve prijatelje i rodbinu s kojima smo se uvijek dobro zabavljali.

O Opatiji se u krugu prijatelja dovoljno pričalo i maštalo. Pridružio nam se novi par iz kruga prijatelja moga tasta koji su također željeli provesti godišnji odmor zajedno sa nama u Opatiji. Ali nisu bili samo njih dvoje, jer su s njihovim ocem odjednom bila trojica. Tako smo sada bili 15 osoba bez djece. A od Heinza i Lisbeth stigla je poruka da dolazi njezina nećakinja sa suprugom i kćerkom. Sad nas je bilo 17 i 2 djece. Nevjerojatno, ako se tako nastavi, preplavit ćemo Opatiju njemačkim turistima.

Nismo bili jedini koji smo na put od 1250 km krenuli autom, ali u različito vrijeme (jer je za neke to bilo i više kilometara). Elli i Siegfried također su došli autom, kao i Ernst i Elke, Heinz i Lisbeth. Čak je i Siegfriedov otac Karl došao autom. U prvom tjednu lipnja malo po malo svi su se postupno iskrcali u Opatiji.

Moj tast sada je svakog jutra imao puno problema za svih 17 + 2 organizirati željeno mjesto u prvom redu do vode. On je zaista uživao u tome, jer su ovdje svi slušali njegovu zapovijed.

Čak i kad je zabrinuto pogledao u smjeru Učke i namrgođeno nam rekao: „O, o, prvi oblaci su nad Učkom. Spakujte stvari, uskoro će bit kiše ili ozbiljno nevrijeme.“

Mnogi su ga kritički pogledavali, ali nakon što je nekoliko puta bio u pravu, gotovo svi su mu odmah povjerovali. Sve stvari smo u trenu spakirali, i zajedno smo napustili Lido.

Gotovo svaki dan, dok smo bili na Lidu, ili se sunčali ili bili u vodi, vidjeli smo na moru jednu barku kako polako vozi uz obalu. U barci kapetan jednom rukom drži kormilo a drugom megafon i čuje se stalno jedno te isto: "Vozite se danas, sutra možete biti mrtvi."

Verin otac bio je organizacijski talent. Moj tast jednog je dana potražio ovog kapetana u luci i dogovorio jedan izlet brodom. Naravno bez dogovora s ostalima.

Svejedno smo se svi veselili, jer je ugovorio dobru cijenu, koju smo međusobno podjelili i tako je bilo veliko uživanje za mali iznos.

Ponekad smo koristili čamac kao taksi brod kad smo željeli ići u Volosko ili Lovran. Bila je to super sjajna stvar, jer se nismo morali ni o čemu brinuti. Volio je sve to moj tast jako rado i dobro organizirati.

Ovo ljeto bilo je posebno vruće, sunce je nemilosrdno palilo s neba, ni kapi kiše. More je bilo jedino ohlađenje. U podne smo se Vera i ja uputili u naš pansion. Jako sunce nas je umorilo i zato nam je trebala jedna pauza, kako bismo za večer ponovno bili u formi.

Bilo je to vrijeme nogometnog svjetskog prvenstva u Meksiku. Našli smo se nekoliko puta u premaloj Jačićevoj dnevnoj sobi, da bismo pogledali utakmicu njemačke momčadi.

Mala soba bila je krcata, a mi smo bili zadovoljni malom prastarom crno-bijelom televizijom naših domaćina. Glavno da smo mogli gledati utakmicu!

Verin otac kupio je od prijatelja vinara iz Bregi, kanistar-pet litara, crnog vina. Pobrinuo se i za pivo i šampanjac. Neki su donijeli kruh i kobasice, salatu od krumpira i polpete (faširance), tako da je večer bila spašena.

Uvijek je bilo veliko "HALO" kad je njemačka momčad bila u posjedu lopte. A kad je postignut pogodak za Njemačku, svi su bili toliko oduševljeni da se naše navijanje moglo čuti još nekoliko ulica dalje.

Osim nogometnih večeri, imali smo i svoje omiljene "Pinta večeri", kao i prošle godine. Obično smo počinjali u Starini, blizu hotela Ambasador, malo iznad Ul.M.Tita u smjeru groblja, jer smo tamo mogli dobro jesti. Zatim smo otišli do sljedeće Pinte točno nasuprot tržnice.

To je zapravo bila samo jedna slastičarnica, ali u stražnjem dijelu posluživala su se i alkoholna pića. Ovdje je Vera svima pokazala što je to jedna Nikolaška. Godinama ranije na poslovnoj zabavi prvi puta pila je to piće, a sada smo ga mi probali ovdje.

Bilo je zabavno pokazati mještanima kako se pravi Nikolaška. Vrlo jednostavno: u čašu za rakiju naliti vinjak, krišku limuna bez kore nataknuti na rub čaše,na to žličicu kave u prahu i sve to ukrasiti s malo šećera.
Zatim tu krišku limuna staviti u usta, dodati vinjak, sve lijepo prožvakati i tek onda progutati! U K U S N O !

Zatim smo otišli do slijedeće Pinte, između banke i hotela Agava,  pa dalje prema Zelengaju. Nasuprot je bila jedna Pinta koju nismo mogli izostaviti. Ali istodobno smo svugdje popili samo po jedno piće. Nastavak do hotela Jadran (danas Milenij). Tamo smo zauzeli veliki stol na terasi za našu grupu i uglavnom je tu bila naša zadnja stanica.

Svake večeri tu je bila muzika uživo i ples. Ponekad je netko iz naše grupe potajno donio bocu vinjaka i sakrio ju ispod stola, dok smo mi od konobara naručivali rundu vinjaka.

Tada se marljivo točilo iz boce vinjaka koju smo donijeli sa sobom. Ostali smo iznenađeni da konobar to nije vidio ili nije htio to vidjeti, jer nije ništa rekao. Mi smo nastavili svako malo naručivati, ali neke čaše jednostavno se nisu praznile.

Sumnjali smo da on točno zna što radimo, ali budući da je dobio dobru napojnicu, jednostavno nije ništa vidio. Jutro nakon toga ponekad smo na plaži bili preumorni za plivanje i druge aktivnosti, te izgledali pospano i željeli smo se na Lidu samo dobro naspavati.

Primijetio sam da na tim večerima ili na izletima, određeni muškarci bacaju oko na moju ženu. Uvijek su to bili isti. Dakle: mađarski tip, atraktivni s brkovima itd. Bio sam stvarno ljubomoran i kad sam joj ispričao svoja zapažanja, samo je rekla, ne moram se brinuti, to njoj ništa ne znači.

Ali ja sam bio zabrinut. Jednom kad smo sjedili za šankom u Jadranu, takav tip sjedio je pored mene, bocnuo me sa strane, bacio pogled na moju suprugu i s užitkom rekao "seks bomba".

Ostao sam bez riječi, uhvatilo me to nespremnog. Kad sam mu napokon dao do znanja da je to moja supruga, ustao je i napustio Jadran.

Tipova primjedba najprije me razljutila, a zatim dala povod za razmišljanje. Moram ipak bolje paziti na nju. Po mom mišljenju, čak je i jedan iz naše trupe bacao previše pogleda na moju Veru. Nije ni čudo, mislim da je njegova supruga bila 15 godina starija od njega. Stoga treba biti na oprezu.

Jednog su jutra sestre Jačić pitale moju punicu: "Znate li zašto je na prozorskoj dasci, kod vašeg unuka, svaki dan prosipan šećer?"

Moja je punica od smijeha skoro dobila grč i objasnila im, da kod nas djeci pričamo, ako posipamo šećer na prozorsku dasku, slijedeće godine bi možda mogli dobiti maloga brata ili sestru.

Zato je naš sin posipao puno šećera na prozor, jer je želio malog brata. I uspjelo je sa šećerom, ili je to bila promjena zraka, jer smo u veljači slijedeće godine stvarno dobili dugo očekivanog sina.

Kad smo navečer u Opatiji izlazili van, voljeli smo i plesati, ako je svirala živa muzika. Tako je bilo i u Baraki.

Baraka gril bio je na gornjoj ulici,

Nova-cesta i stvarno ga je bilo teško pronaći. Tamo je bila živa muzika i upravo u tom sastavu bio je muzičar koji nije mogao odvojiti pogled od moje supruge. Te je godine talijanska pjesma "L`arca di Noė" također bila broj 1 u Opatiji.

Zaljubili smo se u tu pjesmu, jer smo uz nju mogli čvrsto zagrljeni, fantastično plesati.

Bio sam tako ponosan, dok sam moju ženu čvrsto držao u naručju. Čak i slijepa osoba mogla je vidjeti kako smo zaljubljeni. A onda sam vidio da onaj muzičar neprestalno očima proždire moju Veru. Mogao sam mu ih iskopati.

Potajno sam skrenuo pažnju svojoj supruzi na ovog muzičara. Ona je iz moga ponašanja, primijetila da postajem nervozan. Njezin pokušaj da me smiri, doista me učinio još više ljubomornim.

Još tijekom ovog godišnjeg Baraka gril prestao je raditi, razlog nama nepoznat. Ubrzo nakon toga spomenute smo muzičare ponovno vidjeli u pivnici hotela Continental. U vrtu hotela nalazio se ogroman plesni podij i muzika uživo.

Naša grupa od skoro 20 članova bila je oduševljena pivnicom, jer više nismo morali tražiti po Opatiji gdje bismo mogli plesati. Pivnica nam je bila točno ispred nosa. Ovdje smo mogli također dobro jesti i piti kao i bilo gdje drugdje.

Hans, Friedel i Verini roditelji su se tijekom godina sprijateljili s jednim vinarom iz Bregi, iznad Opatije. Nekoliko puta bili smo pozvani kod njega na Bregi. Uspon tamo gore nije bio nimalo lak. Vodio je preko bezbroj stepenica dok konačno nismo stigli do njegove kuće. Bilo je stvarno zamorno. Ali domaći pršut i njegovo crno vino zasladili su nam naš uspon.

Ove su večeri i pogled na Opatiju bili prekrasni. Imali smo fantastičan pogled na Kvarnerski zaljev. Ali kada smo se nakon vesele i zasitne večeri, polako počeli spuštati stepenicama dolje, kraj tolikog vina, piva ili rakije neki od nas imali su male probleme.

Morali smo biti vrlo oprezni da bismo pogodili pravu stepenicu. Ako ne, bila je to strma padina. Ali nikad se ništa nije dogodilo i te večeri ostale su nam uvijek u dobrom i lijepom sjećanju.

Kad smo se na kraju ovog odmora oprostili od prijatelja, nismo ni slutili da nas sljedeće godine neće biti u Opatiji. Naše dugo očekivano drugo dijete bilo je još premalo za to. To je opet bio sin, Dirk. Zapravo sam priželjkivao dvije djevojčice (vjerojatno zato što sam imao brata), ali netko mi je osujetio moju želju. Ipak, bio sam nevjerojatno sretan.

Sljedeće godine svi smo se ponovno sreli u Opatiji. Dirk je imao 16 mjeseci i svi u našoj grupi su se s njim jako zabavljali. Ali Dirk je bio loš u jelu. Većinu vremena pokušavali smo ga nadmudriti da jede.

Extra donesenu gotovu dječju hranu u bočicama iz Njemačke, većinom nije volio, a često puta je jednostavno sve ispljuvao. Najviše strpljenja s Dirkom imao je zaista moj tast. Zbog toga sam mu se uvijek divio. Sa svojim anđeoskim strpljenjem bio je kao djed, jednostavno super.

Kao otac možda nisam bio toliko strpljiv kao on, ali mnogo godina kasnije radio sam isto tako sa svojim unukom. Sa 16 mjeseci starim mališanom dani odmora bili su za nas stresni.

Od Marijine rodbine dobili smo male sportske dječje kolica. Bila je to naša velika sreća, jer smo svaki dan u podne po najvećoj vrućini, Vera i ja išli u naš pansion, staviti Dirka na popodnevno spavanje.

Put s kolicima kroz park do "Ul. Maršala Tita" bio je naporan i strmi uspon, te smo ostajali bez daha. Kad smo stigli do pansiona, bili smo iscrpljeni, pa smo i mi s njim prilegli. Odmoreni i ojačani, vratili smo se poslije na Lido.

Naša se grupa ponovno proširila, pridružila nam se jedna mala Jugoslavenka od Lisbethine rodbine. Zvala se Sanja i bila je stara koliko i Frank. Upoznali smo i njezine roditelje, živjeli su u velikoj kući, tik do našeg pansiona, na trećem katu.

Sa svoga prozora povukli su uže na drvo udaljeno oko 15 m. Na njega su vješali svježe oprano rublje da se osuši. Sa jednim mehanizmom (koji je za nas bio kompliciran) povlačilo se uže sa rubljem do stabla i opet natrag.

Sanjini roditelji jednom su nam prilikom pokazali svoj stan, ostali smo iznenađeni kako je velik, visoke sobe, od prilike 100 kvadratnih metara. Sa svog prozora imali su fantastičan pogled na park, Kvarnerski zaljev sve do Krka i Rijeke.

I ovaj je godišnji bio poput prethodnih.
Ove godine opet smo mogli pratiti poseban nogometni događaj na TV-u. Bilo je to Europsko prvenstvo u nogometu i opet kod Jačić. Mala soba bila je prepuna, dobro smo se zabavljali s takozvanim "nogometnim stručnjacima" u našoj sredini.

Da ih je sudac mogao vidjeti ili čuti, odustao bi od svog posla. Oni su znali sve bolje od njega!

Moj je tast i ove godine bio posebno dobro raspoložen, organizirao je najbolje izlete u okolici. Već smo bili navikli na puno toga od njega, uvijek smo se tome posebno veselili, ali ove je godine nadmašio sam sebe.

Cijela grupa vozila se, na primjer, autobusom do Kastva, do stare tvrđave "Aleja-Velikana", gore na brdu. Drugi put išli smo do Veprinca, također visoko u brdima, ali prema Učki. Tamo nam je pokazao izgradnju novog tunela kroz Učku i izgradnju autoceste do Rijeke. Usput, prije toga večerali smo u staroj Gostiona u Bregima koju su moji tast i punica znali iz prijašnjih godišnjih odmora. Ovdje su bili najbolji pilići na žaru nadaleko i naširoko. A naš najmlađi u kolicima bio je uvijek s nama. Povratak sa Učke, natrag za Opatiju, išao je preko Ičića i Ike. Za sve nas skoro pola puta oko svijeta.

Dogovorili smo se da se ponovo sretnemo u Opatiji sljedeće 1973 godine. Ali sve je ispalo drugačije. Iz bilo kojeg, meni nepoznatog razloga, tast, punica i supruga, rezervirali su naš godišnji odmor u Španjolskoj na Costa Bravi, u Lloret de Mar. Nije mi smetalo da upoznam nešto novo, ali nisam mogao to shvatiti.

To mi se uopće nije svidjelo, ali radi mira u kući pristao sam. Moje poduzeće imalo je kolektivni godišnji u ljetu a godišnji u Španjolskoj bio je rezerviran za listopad. U listopadu je u Španjolskoj bilo još dovoljno toplo, rekli su, inače ne bi toliko Nijemaca u zimi tamo provodilo godišnj odmor.

Tijekom ovog godišnjeg odmora došlo je nekako do malih nesuglasica. Navikao sam na ljetovanje sa Verinim roditeljima, ali u Španjolskoj moja supruga i ja nismo se najbolje slagali. Mentalitet Španjolaca uopće nije odgovarao niti meni, niti mojoj ženi.

Vera se nekako promijenila nakon rođenja našeg drugog djeteta. Volio sam je preko svake mjere, ali nešto nije bilo u redu. Uvijek je bila posebna, ali sada, ovdje u Španjolskoj, nisam se mogao slagati s njom. Primijetio sam, na primjer, da nije mogla odvojiti pogled od izvjesnih tipova.

U Opatiji su to bili muškarci s brkovima ili trodnevnom bradom.

Tada su to bili Mađari ili južni Talijani. Upravo sam vidio takve tipove muškaraca na plaži u Lloret de Maru. Jedan od njih pozorno nas je promatrao i pratio nas je sve do hotela. Jedne večeri, upravo smo se vratili s večeri flamenka i htjeli smo popiti još jedno piće u hotelskom baru za laku noć.

Ali tu nije bio kraj. Tast i punica otišli su sa djecom na spavanje, pa smo ostali sami za šankom. Jedno piće, drugo piće i došli smo u razgovor s mještanima, ali samo rukama i nogama, jer nijedno od nas nije govorilo španjolski.

Uz malo engleskog nekako je uspjelo. Na TV-u su upravo prikazivali koridu. Bio je to razlog da se uznemirim zbog toga. Za mene je to bila okrutnost prema životinjama i glasno sam protestirao.

Alkohol je učinio ostalo. Tada sam vidio da pokraj moje supruge sjedi brkati Talijan i oni uzbuđeno pričaju.

Bio sam znatiželjan i pokušao sam prisluškivati, o čemu njih dvoje uzbuđeno pričaju. Zvao se Lorenzo, čuo sam. Talijan je, ali dolazi s otoka Krka u Jugoslaviji, a uskoro će vjerojatno morati zbog posla u Budimpeštu. To mi se moralo učiniti sumnjivim, da nisam popio čašu ili dvije previše.

Nisam više mogao i oprostio sam se riječima:
„Vera, dođi i ne pravi gluposti, pričekat ću te i neću zaključati vrata."

Kako sam došao u sobu, ne znam , kad je moja supruga došla u sobu, ne mogu također reći. Znam samo da je ležala pored mene u krevetu kad sam se probudio sljedećeg jutra.

Nisam čuo od nje nikakav komentar o večeri. Budući da se već prije nisam baš slagao s ljetovanjem u Španjolskoj, jednostavno sam sve gurnuo u stranu. Ovih 14 dana brzo je prošlo bez ikakvih daljnjih incidenata.

Na povratnom letu oboje smo se dogovorili i obećali da više nikada nećemo ići na godišnji odmor u Španjolsku.

Zemlja, ljudi, mentalitet Španjolaca nisu nam odgovarali. Za to zapravo nije postojao valjan razlog, možda za nas osobno nije to bilo pravo mjesto . Tako je i ostalo na tome.

Peh u sljedećoj godini! Imao sam nesreću na poslu odmah početkom godine. Slomio sam lijevi zglob gležanja, lisnu kost (fibulu) i morao u bolnicu. Uslijedila je teška operacija i 6 mjeseci nisam smio stati na lijevu nogu.

Bilo je to teško vrijeme za mene, jer sam prvi put u svom životu bio u bolnici.

Do tada se na mojoj ženi nije primjetila nijedna promjena. Stresnim radom u mojem poduzeću bio sam rastresen, primjetio sam tek sad, kad me Vera posjetila u bolnici da je trudna. Bio sam toliko iznenađen, da nisam mogao reagirati.

Oduvijek smo željeli dvoje djece, zapravo više ne. U tom trenutku nisam znao trebam li plakati od žalosti ili briznuti u plač od radosti?

Bio sam previše zauzet svojom bolešću, pa zato nisam razmišljao o nadolazećem opatijskom godišnjem odmoru. Prema liječničkim uputama, sljedećih 6 mjeseci nisam smio ništa poduzimati.

Godišnji u Opatiji bio je čvrsto planiran, ali ja nisam znao koliko ću dugo nositi gips i kako dugo će mi trebati pomagala za hodanje. Nisam mogao ni pomisliti na godišnji. Moja punica imala je najbolje rješenje za sve nas.

Uspjela je nagovoriti svoju kćer da ide sa njima početkom svibnja vlakom za Opatiju.

Za mene se nisu baš morali jako brinuti.

Znali su da se mogu sam snalaziti, pogotovo jer sam još uvijek bio na bolovanju. Nisam imao protiv toga nikakve argumente, Vera je bila trudna, ali vožnja vlakom i sasvim normalan odmor s roditeljima nisu joj mogli naštetiti, pogotovo jer je s njima putovalo i naše dvoje djece.

S druge strane, bio sam daleko više zabrinut za svoju trudnu suprugu nego što sam mislio. Nisam joj mogao pomoći niti ovdje u kući, bio sam hendikepiran svojim štakama. Htjeli su ostati u Opatiji 8 tjedana, kao što su to Verini roditelji do tada uvijek činili.

Čak smo se i šalili sa tim, što ako u to vrijeme počnu trudovi, što će učiniti. Verini roditelji bili su mišljenja da će se dijete tada roditi u Opatiji i tamo imaju također dobre liječnike i jednu dobru kliniku. Oni su uz nju  što bi se moglo dogoditi?

Ni kod kuće joj nisam mogao pomoći.

Ta razmišljanja mojega tasta i punice vjerojatno su bila dobro promišljena.

Napokon sam popustio i njih svih pet vlakom su krenuli za Opatiju.
Imao sam samo jednu opciju: telefonirati. Međutim to je bio jedan veliki problem. Nitko od naših poznanika u Opatiji nije imao telefon. Niti Boris i Marija, niti Jačić, pa niti Lisbethini poznanici.

Morao sam čekati da Vera mene nazove. To je bilo jedino moguće, kad je otišla u poštu, prijavila poziv za Njemačku, pričekala da se uspostavi veza, tek tada sam mogao čuti njezin glas.

Jeftino to nije bilo. Ipak je to bila zemlja iza "željezne zavjese" u kojoj su možda čak i razgovori prisluškivani. Moralo se to platiti u dinarima. Danima nisam ništa čuo iz Opatije.

Verini roditelji sve su vješto isplanirali. Ja sam bio jedini koji nisam imao pojma.

Očito su znali da ja ne mogu biti djetetov otac. Moja je supruga imala dobar odnos s majkom, na koju sam ponekad bio ljubomoran.

Između njih dvoje postojala je čvrsta veza. Samo majka i kći! Ovako nešto nisam poznavo.

Vjerojatno je roditeljima rekla istinu zbog iznenadne trudnoće. Znali su i za Lorenza, Talijana s otoka Krka.

Kontaktirali su ga u Opatiji. Kako su to učinili, nisu otkrili. Bilo mu je jednostavno doći do Opatije s otoka Krka. Međutim, o tome sam od Vere saznao tek puno kasnije i da je Lorenzo bio čak prisutan kod poroda.

Nekoliko dana nakon toga, uz Verino dopuštenje, uzeo je svoga sina i s njim otputovao u Italiju. Nekoliko dana kasnije nazvala me Vera i sva u suzama ispričala mi cijelu priču.

Nisam znao što bih rekao, ali kipio

sam od bijesa. Srećom, bila je daleko. Ne znam kako bih reagirao da je bila u mojoj blizini. Nisam mogao shvatiti sve to.

Mislio sam da će Vera donjeti na svijet moje dijete. Budući da su roditelji bili s njom, nisam se jako brinuo za nju. Do Verinog telefonskog poziva nisam imao pojma o svemu tome i imao sam povjerenje u nju.

Vera je još neko vrijeme ostala u Opatiji. U toj situaciji to je bilo dobro, tako sam mogao sam u sebi sve to preraditi. Oduvijek sam volio ovu ženu, ali tako nešto nisam očekivao od nje. Za sve to mora postojati jedan razlog, sve ovo mora mi objasniti.

Još nisam bio gotov s tim a nisam znao ni kako se nositi s tim. Zbog njezine odsutnosti i dugotrajne moje bolesti imao sam dosta vremena stalno razmišljati o cijeloj situaciji. Hvala Bogu da je bila daleko od metka. Iako me moja supruga prevarila, cijela priča s djetetom, ja sam je i dalje volio i jako mi je nedostajala kao i naši sinovi.

I njoj je bilo isto, željela je jednostavno samo zaboraviti. Nije bilo lako, ali opet smo se zbližili i svijet je bio u redu, mislili smo.

U samoći misli su se stalno vraćale na to, ali sam se prisiljavao, da ih ignoriram. Prošlo je više od pola godine prije nego što sam ponovno postao svoj.

Nesreća na poslu u međuvremenu je prošla. Dugo smo razgovorali o tome i gledali hrabro u budućnost. Nitko, osim nas i roditelja, nije znao za ovo poskliznuće.

Tako smo se ponašali s prijateljima i poznanicima sa godišnjeg odmora, kao da se ništa nije dogodilo. Zbog toga smo Opatiju ponovno čvrsto planirali za godišnji odmor 1975 godine.

Zbog moje nesreće na poslu bilo je podosta borbe sa strukovnom zadrugom, upravnim sudom i liječnicima koji su me liječili. Radilo se o odšteti, jer je to ipak bila nesreća na poslu.

Da li ću dobiti mirovinu za nesreću na poslu ili ne? Kad je bilo sigurno da ću dobiti mirovinu za nesreću na poslu, rekao sam svojoj supruzi za jednu od mojih najvećih želja.

Još dok sam bio mali dječak, sanjao sam o putovanju u USA. Kada nam isplate mirovinu za nesreću, napraviti ćemo to putovanje. No, najprije smo opet otišli u Opatiju.

Moj strah išao je samnom, definitivno nisam želio imati kontakt s ocem ovog djeteta.

Nisam rekao Veri za svoj strah, da ona može bez brige ići u Opatiju, čak je rekla da je za nju to poglavlje zatvoreno. Nisam vjerovao da je to tako lako. Nisam mogao zamisliti majku koja bi mogla zaboraviti svoje dijete.

Poput tjelohranitelja pazio sam na nju, promatrajući svaki njezin korak i telefonski poziv. Ali činilo se da je sve u savršenom redu. Kad smo stigli u Opatiju, svijet je opet izgledao sasvim drugačije. Našli smo se s prijateljima i poznanicima, nitko od njih nije imao ni najmanje pojma o tome.

Sve sam pomno promatrao i zaključio da nitko nije vidio moju suprugu trudnu. Moje brige su brzo nestale. Kao i uvijek bilo nam je super.

Moj tast je opet unajmio brod i dogovorio izlet duž obale Istre. Da bi cijena po osobi bila što manja, pitao je neke ljude na Lidu i u luci žele li poći s nama.

Vozilo smo se do Plominskog zaljeva. Bila je to prilična udaljenost brodom. Tamo je bilo jedno mjesto na kojem smo se mogli privezati. Kad su svi izašli iz broda ugodno smo se smjestili na napuštenoj plaži.

Postavljen je roštilj, a doneseno meso pomalo se peče. Naravno, imali smo i piće sa sobom.

Tek kasno popodne vratili smo se natrag u Opatiju. Na povratku se pjevalo, netko je svirao lađarski klavir. Ako se netko nije zabavljao, sam si je kriv!

Neposredno prije ulaska u Opatijsku luku, doživjeli smo jedno iznenađenje. Sepp, Lolin suprug, rođak moje punice, upravo je skočio sa broda jer je htio do Lida plivati.

Malo je previše čaša ispraznio. Pokušaj da ga se zaustavi nebi donio ništa, bio je tvrdoglav. Samo smo se nadali, da mu se neće ništa dogoditi. Hvala Bogu sve je  prošlo u najboljem redu. Sepp je uvijek bio dobar za poseban kik ili glupost.

Tako smo ga doživjeli i kad smo opet bili u striptiz baru. Nakon što su mlade plesačice završile nastup i nestale s plesnog podija, došla je starija Jugoslavenka, "baka tip", i pokupila odjeću. Sepp joj je zapljeskao kao i plesačima. Morali smo ga čak zaustaviti da ne zapleše sa starom damom.

Drugi put, kad smo se vraćali iz Bregi, Sepp malo pripit rekao je, da zna jednu kraticu. Ignorirao je naše prigovore da je to preopasno.

Mnoge stepenice bile su mu predosadne, samo je skočio dolje niz padinu jer je navodno bila kraća. Imao je sreću da si u tom skoku nije slomio sve kosti.

U našem pansionu, nama nepoznat gost unajmio je jednu sobu. Međutim, ono što je radio u svojoj sobici bilo je vrlo tajanstveno. Svatko od nas imao je svoje mišljenje, izgledao je poput umjetnika travestije, uvijek je odlazio u striptiz barove.

Moja punica riješila je jednog dana misterij, jednostavno ga je pitala čime se bavi. Osjećao se čak počašćen što nas to zanima. Nitko nije tako nešto očekivao. Knezchen, tako smo ga nazvali, imao je u sobi šivaću mašinu te dizajnirao i šivao nevjerojatne lijepe kostime za striptiz plesačice.

Čak su dolazile u njegovu sobu na probu. Zbog toga su kružile najluđe glasine o njemu. Ali nakon što smo od moje punice saznali što zapravo radi, glasine su utihnule.

Vlasnik restorana Lido i ove je godine mogao računati na brojne rođendanske proslave. Ponekad smo jelo naručivali s njegovog jelovnika ili se moj tast dogovorio sa njim, da glavno jelo za cijeli tim sam pripremi i može to donijeti.

Vlasnik restorana pripremio je priloge, povrće i desert, a naravno i piće. Kako je moj tast sve to sredio s računom, bila je njegova tajna. Tada se u kuhinji kod Jačić energično peklo i kuhalo. Obično smo slavili do kasno u noć. Budući da restoran nije imao susjede, glasna muzika nikome nije mogla smetati.

Drugi dan bio je za odmaranje (od zabave). Morali smo biti samo oprezni, da, ako tako bezvoljno ležimo na suncu, ne dobijemo sunčanicu. Ljeta su tih godina bila toliko sunčana da je Heinz ponekad dolazeći na plažu, gledao u nebo i ispustio smiješnu izreku:

"Sranje godišnji odmor, nema kiše."

Tome su se mogli svi pridružiti. Jednom sam rekao: "Ako bude jednom pošteno padalo, ostat ću stajati, gdje jesam i potpuno se prepustiti kiši."

Svi su mi se smijaili, svatko može to reći, kad nema kiše na vidiku. No, došao je dan kada je Verin otac ponovno pogledao Učku i rekao:
"Ovo su kišni oblaci, uskoro ćemo se istuširati."

Zapravo mu nitko nije vjerovao, ali radi sigurnosti spakirali smo svojih "sedam stvari" i krenuli smo prema pansionu.

Kroz park smo još prošli suhih nogu, jedva smo stigli do glavne ceste, ljevalo je kao iz kabla. Održao sam svoje obećanje, kakav sam bio, stao sam nasred ulice i prepustio se kiši i stvarno uživao u tome. To je bilo moguće samo zato jer za to vrijeme na cesti nije bilo nijednog auta. Nitko nije vjerovao u to, ali obećanje je obećanje.

Ove godine imali smo jedan uzbudljiv doživljaj. U Opatiji je bilo prvenstvo u skoku sa padobranom, sudjelovalo je nekoliko nacija. Natjecanje i cilj bila je plaža Slatina. Mi smo se ugodno smjestili u vrtu Jadrana i promatrali skokove iz aviona.

Uz gromoglasno klicanje publike, svaki je padobranac pokušao precizno sletjeti. Dok su padobranci postupno napuštali avion, vidjeli smo i šokirali se, jer se padobran jednom od njih nije otvorio. Počeo se vrtjeti dok je padobranac očajnički povlačio konopce.

Već smo se bojali najgoreg, ali otprilike 10 ili 15 m od površine vode uspio je otvoriti rezervni padobran. Posljednjih nekoliko metara pao je poput kamena u more. Srećom, ništa mu se nije dogodilo, ali šok je ostao u nama.

Kraj godišnjeg odmora! Povratak kući! Ovaj put nismo htjeli vozati u jednom komadu. U Bavarskoj smo, otprilike na pola puta prespavali. Uvijek ista ruta: Iz Opatije u smjeru Matulja dalje preko Postojne, Slovenije, Austrija pa Njemačka.

Kao i obično, oboje djece sjedilo je na stražnjem sjedalu. Dirk u dječjoj sjedalici točno iza mene. Baš kad sam prošao Matulje, morao sam lagano zakočiti. Moje mlađe dijete sa tim nije bilo suglasno, povratio je i to točno na moj vrat.

Dakle, zbog toga: skrenuti na desno, presvući se i vodom iz boce očistiti sve što je najbolje moguće. Satima sam još osjećao miris kisele hrane u nosu. Tako nešto hvala Bogu dogodilo nam se samo jednom tijekom svih naših vožnji za vrijeme godišnjih odmora.

Kod kuće me opet čekalo normalno ludilo, svakodnevni život! Za slijedeću godinu planirali smo još jedan godišnji odmor i to u Mađarskoj, sa skrivenim motivom, pronalaska oca Verinog djeteta, koji je navodno želio otići u Mađarsku. Kako se bližio datum godišnjeg odmora, primijetio sam kako je Vera postajala nemirna.

Tast i punica htjeli su uzeti našeg starijeg sina sa sobom u Opatiju,. Za njega je to bilo super, volio je baku i djeda iznad svega, osim toga poznavao je Opatiju. Sigurno mu nećemo faliti.

Pažljivo smo napravili plan za Mađarsku. Mađarsku još nismo poznavali, ne smijemo nigdje pogriješiti. Unatoč svim istraživanjima, trebao bi to biti zasluženi godišnji odmor, koji bi trebao završiti s nekoliko dana u Opatiji. Odvažili smo se na ovo putovanje iza "željezne zavjese" sa našim 142 Volvom i nadamo se da će proći bez kvarova ili većih poteškoća.

Sa našim petogodišnjim sinom Dirkom započeli smo putovanje prema Mađarskoj. Nismo znali što nas čeka u Čehoslovačkoj i Mađarskoj.

Bilo nam je jasno da će nas carinici pregledavati više puta.

Naš prvi cilj bili su nam mjesta Marienbad i Karlsbad u Čehoslovačkoj. Dalje preko Pilsena, Budweisa direktno do austrijskog glavnog grada Beča. Od tamo preko granice do Budimpešte.

Granične kontrole bile su uvijek iste. Poznavali smo to sa putovanja u DDR, gledanje ogledalom ispod auta.

Najluđe od svega bilo je, kako da u Budimpešti pronađemo Lorenza Simonettija? Nismo znali Mađarski, a s našim malo znanja engleskog jezika uopće nismo imali nikakve šanse.

Naš plan je zapravo od samog početka bio osuđen na neuspjeh. U Budimpešti smo odsjeli u vrlo lijepom, starom hotelu na samoj obali Dunava. Ispričali smo svoju priču recepcionaru koji je srećom govorio Njemački i bio izuzetno ljubazan te smo bili jako iznenađeni što nam je htio pomoći. No, nažalost, on također nije vidio šansu da pronađe jednog Lorenza Simonettija. Raspitivao se u najpoznatijim restoranima i hotelima, ali nigdje nije pronašao niti jedan trag o Lorenzu. Dugo smo razmišljali o tome, a onda odustali od potrage.

U Budimpešti smo imali veliku sreću, da nas nisu uhvatili kako mjenjamo (DM u Forintu) na crno! Naš boravak ovdje mogao je doći do neslavnog kraja.

Unaprijed sam obećao supruzi da ću s njom započeti potragu. Međutim, u Mađarskoj smo primijetili,, da je takva potraga bez ikakvih početnih tragova besmislena i odlučili, da se više ne zamaramo oko toga.

Nakon nekoliko lijepih dana u Budimpešti htjeli smo što prije posjetiti svog sina i Verine roditelje u Opatiji. Bez užurbanosti vozili smo se prema Balatonu, uz jezero dalje do Jugoslavije.

Na granici s Jugoslavijom ponovno smo, kao i obično, najtočnije pod lupom, pregledani.

Nismo mogli to više razumjeti. Razumljivo u Čehoslovačkoj, okej u Mađarskoj, ali opet na granici koja vodi do prijateljske zemlje Istočnog bloka, ponovno ovo šikaniranje. Nama neshvatljivo! Vjerojatno je razlog tome bila njemačka registarska tablica! Nismo ništa sakrili, pa nam je bilo svejedno.

Putovanje se nastavilo preko Zagreba, Karlovca, Rijeke do Opatije. U pansion smo stigli u ranim jutarnjim satima, tiho smo parkirali auto na parkiralištu vatrogasaca i htjeli roditelje izbaciti iz kreveta.

Bacali smo male kamenčiće na drvene šaluzine i eto, sinčić nas je već čuo kako dolazimo. Veliki pozdrav i veliko veselje s obje strane. Sad imamo još 14 dana odmora s cijelom obitelji.

Naši roditelji su o ovom putovanju znali samo to, da smo Budimpeštu već dugo imali na listi naših ciljeva za godišnji odmor.

Nisu morali znati sve okolnosti. Htjeli smo jednom zauvijek zaboraviti Lorenza Simonettija. Sumnjao sam, da moja supruga to zaista može.

Preostala 2 tjedna prošla su ko u letu. Prekrasan život godišnjeg odmora opet nas je imao.

Proveli smo dane kao i prethodnih godina.

Naša grupa gotovo se nije promijenila u posljednjih nekoliko godina. Održavale su se naše „Pinta večeri", na Lidu je bilo kao i uvijek.

Nekoliko novosti dočekalo nas je ipak u Opatij. Malo prije autobusnog kolodvora otvorila se nova gostiona u stražnjem dijelu dvorišta, u kojoj smo mogli vrlo dobro jesti i piti, a cijena je također bila u redu.

Iako se gostiona nije mogla vidjeti direktno s ulice, mnogi su je turisti ipak pronašli, kao i mještani. Svi stolovi i klupe uvijek su bili zauzeti, pa smo po tome zaključili da je tu hrana odlična.

A u Grand hotelu Slavija, na terasi svirao je novi bend, jugoslavensku i međunarodnu muziku. Bilo ih je zadovoljstvo slušati.

Sa terase smo imali fantastičan pogled na zaljev, odsjaj mjeseca u moru a nas dvoje nježno zagrljeni plešemo, čista romantika! Na našu molbu, bend nam je svirao pjesmu "L`arca di Noė" i večer je bila jednostavno super.

Povratak sa godišnjeg bio je bez Franka, koji je ostao s Verinim roditeljima, jer su još bili školski praznici. Pozdravili smo se s prijateljima " vidimo se sljedeće godine", jer smo tada na godišnji odmor mogli ići samo za vrijeme školskih praznika.

Dirk je tada imao 6 godina i krenuo u školu. (bilo je teško izvaditi dvoje djece iz škole prije školskih praznika.)

Budući da sam nedavno dobio mirovinu zbog nesreće na poslu, odlučio sam uvjeriti svoju suprugu, da se 1979 godine samnom usudi na veliki skok preko Atlantika i da provedemo naš godišnji odmor u Sjedinjenim Američkim Državama.

To je funkcioniralo, Vera je dala zeleno svjetlo i proveli smo nevjerojatan lijepi godišnji odmor na Floridi. Moja je supruga sanjala o tome da jednom vidi New Orleans. Tu želju ispunio sam joj ove godine.

U isto vrijeme, naše dvoje djece bilo je u Opatiji s Verinim roditeljima. Znali smo da će se tamo osjećati vrlo dobro s bakom i djedom.

Sljedeće godine, bila je 1980, ponovno smo posjetili SAD (opet bez djece), ali naknadno smo otišli na drugi odmor s njima u Opatiju. Djeci smo obećali da ćemo ih 1981 godine uzeti sa sobom u USA. Potpuno drugačija vrsta godišnjeg odmora. Sljedećih godina uhvatila nas je USA-groznica. Naizmjenično smo putovali u SAD i Jugoslaviju.

Jedne godine prvi puta smo primijetili u Opatiji, da se kvaliteta vode u Kvarnerskom zaljevu znatno pogor-šala. Dolazili su mnogi gosti s cijelog svijeta, morska voda je postajala sve prljavija.

Veliki hoteli jednostavno imaju kanalizaciju u more, rekli su nam to mještani iza zatvorenih vrata. To smo mogli vidjeti na različitim mjestima kad smo šetali Lungomareom. Više nije bilo lijepo i mjestimice je smrdjelo, pa smo odlučili zasad izbjegavati Opatiju.

Predsjednik Jugoslavije Josip Broz Tito umro je 4. svibnja 1980 u dobi od 87 godina. Jedno kolektivno državno predsjedništvo sa predsjednikom iz republika, koje se mijenjalo svake godine,preuzelo je vladu u Jugoslaviji. Pojedine republike poput Hrvatske, Slovenije, Srbije itd. nisu se slagale sa tim. Svaka republika htjela je biti samostalna.

Bio je to dug put i tako je od 1991 do 1999 došlo do balkanskih ratova.

U nekom je trenutku posljednji rat bio

završen, a bivša Jugoslavija, koju smo do sada poznavali, od 1991 je Hrvatska.

Njemačka je među prvima priznala Hrvatsku kao samostalnu državu.

Od tada je Hrvatska bila neovisna i suvremena država. Jugoslavija je bila podijeljena na pojedine republike: Sloveniju, Bosnu, Srbiju, Makedoniju i Crnu Goru.

Tih godina nismo ni pomišljali da tamo provedemo naš godišnji odmor. Roditelji su, čak i u tom razdoblju, nekoliko puta bili u Opatiji.
Koncentrirali smo se na jednu dugo neostvarenu želju. Kraj milenijuma dočekati na Floridi i ostati u Fort-Lauderdale tri mjeseca! Za nas životni san koji se zaista ostvario!

Čak nas je i naš "najstariji" - u međuvremenu i sam otac jednog sina - s djevojkom i unukom posjetio tijekom prijelaza tisućljeća. Bila su to prekrasna

3 mjeseca na Floridi. Oboje smo bili mišljenja da ništa, ama baš ništa ne može biti iznad Floride.

Sunčano i uvijek toplo vrijeme tamo, posebno u jesenskim i zimskim mjesecima, toliko nam je prijalo. Tada nismo znali da je ljubav prema Opatiji zapravo veća nego što smo ikad mislili.

Od naših roditelja čuli smo samo dobre stvari o Opatiji. Mnogo je toga već modernizirano, a sanitarni čvorovi već su na zapadnoj razini. Dopustili smo da se zarazimo njihovom euforijom i željeli smo ponovno doživjeti Opatiju i uvjeriti se je li ono o čemu pričaju zaista stvarnost.

Nakon završetka hrvatskog rata 1995 godine, Verini roditelji ponovo posje-čuju Opatiju. Odsjeli su u hotelu Kvarner i dobili sobu s pogledom na more. Sestre Jačić su umrle i pansion više ne radi.

U prijašnjem vremenu hotel nam je bio preskup i zbog toga jedan san. Sada, nakon rata, "Kvarner" nam se činio pristupačnim.

Kao i mnogo godina prije, putovali smo naravno opet autom u Hrvatsku i 2001 rezervirali smo istu sobu u hotelu Kvarner u kojoj su prije boravili naši roditelji.

U međuvremenu su roditelji odabrali južni dio Hrvatske za svoj odmor, a tijekom odmora posjetili su neke od prekrasnih otoka u neposrednoj blizini Splita i Dubrovnika.

2001 godine doživjeli smo u hotelu Kvarner najveći šok u našem životu. Katastrofu su kasnije svi znali kao „jedanaesti deveti".

Upravo smo se vratili s kupanja, otišli u našu sobu i uključili televizor. Nekoliko minuta kasnije vidjeli smo na CNN stravične slike, kako se direktno u toranj

Svjetskog-Trgovinskog-Centra zaletio avion. Bili smo toliko šokirani da to nismo mogli vjerovati.

Rekao sam Veri, da se sigurno radi o američkom filmu koji se snimao. No, nedugo zatim vidjeli smo kako drugi avion leti u drugi toranj. Tada smo znali da to ne može biti film, da je to stvarnost!

Nekoliko godina ranije bili smo sa svojim sinom Dirkom u jednom od tornja, "BLIZANACA", kako su ih zvali i promatrali New York odozgo.

S užasom i velikom količinom bijesa u trbuhu pratili smo daljnja izvješća o ovom strašnom događaju.

Kamo god smo pogledali, kamo god smo išli i gdje god smo bili, ti su se događaji neprestano ažurirali. Ponovno smo odletjeli u SAD 2002 godine, te smo morali proći još više sigurnosnih provjera.

Teško da je bilo ikakve druge teme na svijetu, svi su razgovarali samo o ovoj nesreći. Ali 10 godina kasnije, 2011 bili smo na Floridi i vidjeli na televiziji vijest o uhičenju i atentatu na Bin Ladena.

Još uvijek se možemo jasno sjetiti nevjerojatnih, a opet sretnih lica predsjednika Baracka Obame i njegovih postrojbi kada su američkom narodu objavili tu vijest.

Sa automobilom našeg starijeg sina, Chryslera 300 M, koji nam je posudio za put do Opatije,2003 godine rezervirali smo sobu u hotelu Kvarner. Sada sobu s pogledom na park i crkvicu Svetog Jakova. Iznenadilo nas je da su skoro cijelo parkiralište ispred hotela zauzeli bijeli automobili sa logotipom UHCR plave kacige.

2004 rezervirali smo istu sobu u hotelu Kvarner ali smo morali to otkazati. Željeli smo iznenaditi Verine roditelje, koji su bili na jugu Hrvatske, u uvali

Slano u "Grand hotel Admiral". Udaljeno je oko 35 km od Dubrovnika. Tajno smo doletjeli tamo i iznenadili ih za doručkom u hotelu. Radost je bila neopisiva.

Jedne večeri krenuli smo zajedno u šetnju zaljevom do jednog restorana. U povratku, već je bio mrkli mrak, imao sam tešku nesreću. Htio sam u mraku izbjeći nadolazećeg vozača mopeda, zakoračio ulijevo, pao s mosta oko 1 do 2 m duboko na betonsku ploču. U mraku nisam vidio da je to most a nije imao niti ogradu.

Imao sam nekoliko napuknutih rebra i dva glatka prijeloma. Sutradan su me kolima Hitne pomoći odvezli u dubrovačku bolnicu. Tamo su tijekom rendgenskog snimanja potvrđeni prijelomi.

Ali to nas nije spriječilo da 2005 godine ponovno odemo u Opatiju na godišnji odmor s roditeljima i to u hotel Kvarner.

Prilikom podmirivanja računa moj je tast imao velikih poteškoća s osobljem, pa je odlučio: „Opatija me nikada više neće vidjeti."

Bio je u pravu, jer zdravlje naših roditelja više nije dopuštalo putovanje u Hrvatsku.

Dvije godine bez Opatije. Izjava moga tasta spriječila nas je da ponovno posjetimo Opatiju.

**Opatija doviđenja, Opatija!**

2007 željeli smo još jednom mnoga sjećanja na Opatiju osvežiti i napokon se oprostiti od nje. Prošlost nas nije pustila, pa je Opatija ipak bila još jednom naš cilj. Sa autom nismo više željeli na to dugo putovanje od 1250 km. Preiscrpljujuće i preskupo.

2 noćenja u Austriji, cestarina, naknada za putovanje kroz tunel Karawanke, plus troškovi goriva, sve je to bilo skuplje

nego let od Düsseldorfa do otoka Krka i natrag. Let avionom trajao je samo 90 minuta, a isti dan smo bili u Opatiji.

Nije toliko naporan za naše godine, sredina 60. Posljednji opatijski-odmor proveli smo u hotelu Kristal. Bilo je to prekrasnih 14 dana. Što se sve ovdje u međuvremenu nije promijenilo?

Prošlo je osam dugih godina, sada je 2015. Svake godine smo bili na odmoru 2 mjeseca na Floridi / SAD.

Kad je u našoj domovini započela hladna sezona, odletjeli smo na otok Marco u Meksičkom zaljevu na Floridi.

Čisti ljetni osjećaj doživjeli smo do prosinca. Hrvatska se 2013 pridružila EU, kao i druge nacije, i nikada nije nestala iz naših srca.

Te 2015 godine, u kojoj sam iznenada odlučio više ne letjeti u SAD, Opatija je ponovno bila presentna.

Moja odluka više ne letjeti u Sjedinjene Države bila je ta, više nisam htio sjediti u avionu 10 sati. To je zapravo bio jedini razlog i kad sam ovo rekao svojoj supruzi, nije bila nimalo iznenađena, spontano je rekla "OK", sada ćemo letjeti opet u Opatiju.

To nije tako daleko, let od Düsseldorfa do otoka Krka traje 90 minuta, preživjet ćeš to. Bio sam tako iznenađen, da sam ostao bez riječi! Ali to ne moramo odmah rezervirati? Ali ona je bila drugog mišljenja. Sutra ujutro idemo u turističku agenciju i rezerviramo 2 tjedna u Opatiji!

Nisam znao što mi se događa. Navečer smo maštali o Opatiji, popili čašu šampanjca u to ime. Odmah smo znali kamo idemo, što želimo jesti i tako dalje i tako dalje.

Kad sam ujutro otvorio oči, vidio sam sretno lice svoje supruge. Već je bila na internetu i pronašla ono što je tražila te mi rekla da idemo u hotel Milenij, bivši Jadran.

Kad smo zadnji put posjetili Opatiju prije osam godina, Milenij je već bio obnovljen pa smo točno znali što nas tamo očekuje. Na Internetu smo mogli pogledati web stranicu i bili smo oduševljeni.

Već je uspostavila prvi kontakt s davateljem usluga koji joj je E-Mailom poslao neke prospekte o tome. Želio je stupiti u kontakt s njom u određeno vrijeme kako bi sve savršeno napravili, ali je prvo o tome morala razgovarati sa mnom, objasnila mu je.

Hvala Bogu da je njegov poziv stigao prekasno, već smo bili na putu do putničke agencije. Agent u agenciji se začudio da već znamo gdje bi htjeli odsjesti u Opatiji.

Tim više nas je obradovalo što je postojala posebna ponuda za superior sobu u Mileniju.

Nakon što smo potpisali i platili kreditnom karticom, na potvrdi smo vidjeli da to nije Milenij, već Sveti Jakov. U Titovo doba zvao se Hotel Atlantik.

Naravno i to smo poznavali, ali tada je bio u fazi obnove. Bio je to hotel u koji sam prije sa svoja dva sina izlazio na večeru. Ovdje nam se najviše svidjelo jugoslavensko jelo Mučkalica. Osoblje smo prevarili dolazeći jedno za drugim i naručujući odvojeno.

Pri prvom posjetu nas smo troje bili istovremeno i naručili to ukusno jelo. Tada su se u zdjeli nalazile tri porcije (ukupno manje), a to nije bilo dovoljno za naše dobre apetite. Zbog toga su moji dečki smislili odvojeno naručivanje. To su bila naša sjećanja na hotel Atlantik.

Nakon što smo ukazali na pogrešan hotel i pitali za lift, agent je direkt nazvao dani telefonski broj u Hrvatskoj.

Tako smo saznali sljedeće:

Hotel s 5 zvjezdica prema međunarodnim standardima naravno ima lift za svoje goste. Naše brige su time nestale. Zašto se moja supruga tako žurila s rezervacijom?

Tada sam se naglo sjetio, bližio joj se rođendan. Davno mi je objasnila da više ne želi slaviti rođendane. Naša djeca nemaju vremena a za dvije stare tetke ne trebamo više napraviti slavlje.

Nije mi odmah palo na pamet da nam je i dan vjenčanja bio na njezin rođendan.

Vera je sigurno mislila na to, a i vjerujem, da joj je pravo zadovoljstvo iznenaditi me time. U svojoj radosti, opet doći u Opatiju nisam pomislio na tako nešto. Misli su mi se okretale oko Opatije. Divlji lov, koji je igrao u mojoj glavi!

Godine kod Jačić, rođenje našeg drugog sina (koji je začet u Opatiji). Tada su obećale da će Dirk kod njih imati doživotno besplatno ljetovanje. Ali nažalost više nisu žive, pansion je prodan.

Kakvo će biti ponovno viđenje? Što možemo očekivati u Opatiji? Pitanje za pitanjem - ali odgovora još nema!

Sada se pripremamo za ovaj kratki odmor. Zapravo zašto? Što bi u Opatiji trebalo biti drugačije nego inače? Znamo hrvatski mentalitet.

Kad pomislim na brojne poznanike, tadašnje prijatelje i Hrvate ovdje u našoj domovini, poput Željke, Ljubi, Naza, što može tamo poći po zlu?

Kad smo Željki rekli što planiramo učiniti, pala je iz oblaka, a čak nam ni Naza najprije nije htjela vjerovati. Ali svi su bili oduševljeni i opisali nam Opatiju u najljepšim bojama.

Sve smo to mi poznavali, mislili smo! Vera je došla na ideju da pomoću našeg broja za rezervaciju pita u Mileniju dali postoji mogućnost da dobimo sobu s balkonom ili terasom. Na web stranici Milenij vidjeli smo da je u ponudi. Nismo mogli vjerovati, mi ćemo stvarno dobiti sobu s terasom. Naše oduševljenje bilo je neopisivo.

To nam je potvrdilo da smo sve učinili kako treba, Opatija je sljedećih nekoliko godina čvrsto u našem planu. Opatija opet nas imaš! Potrajat će to još neko vrijeme, ali se nadamo da će se čekanje isplatiti.

Čekamo 4 Lipanj

Dan prije našeg putovanja, Vera je počela pakirati kofere, nismo se htjeli time opterećivati na dan putovanja, pa sam ih navečer spremio u auto. Telefonskii smo se pozdravili sa svima. Posebno vozači za Opatiju, bilo ih je još, poželjeli su nam dobar provod.

Internetska prijava je napravljena, isprintane karte za ukrcaj, sve ostalo bila je rutina. Znali smo iz Delta Aira, kojim smo letjeli za SAD, da nas iščekivanje može učiniti nervoznim.

Vožnja do zračne luke Düsseldorf na dan polaska također je bila rutinska. Tijekom dugog boravka u inozemstvu imali smo prijevoz do zračne luke, sada sam vozio sam i unaprijed rezervirao parkirno mjesto vrlo blizu zračne luke. To je bilo novo za nas, ali bez problema.

Kad smo shuttleom stigli do zračne luke Düsseldorf, bili smo malo šokirani. Duge redove na šalterima nismo više poznavali, ali morali smo i to proći. Na šalteru za prijavu sve je išlo kao po špagi. Prijateljska dobrodošlica, koferi su težili 17 i 18 kg. Znatno ispod granice od 23 kg.

Iz SAD mogli smo donjeti još neke stvari da dosegnu 23 kg, ali što bismo trebali ponijeti sa sobom iz Hrvatske? Sunce i susretljivost Hrvata znamo ali to ne stane u kofer. Ali biti ćemo mi i dalje vrlo iznenađeni.

Avioni zrakoplovne tvrtke bili su mali, pa ulaz nije bio kroz Avio most u avion, već su putnike do aviona vozili autobusi preko piste.

Sad smo ga vidjeli, mini avion. Imao je 84 sjedala, i time je bio najmanji avion kojim smo ikad letjeli. Možda je propelerski avion, kad smo letjeli s Krima do Sočija na Crnom moru,bio manji. Navikli smo samo na prekomorske letove.

Započela je nova avantura. Osjećao sam se dobro pomislivši da je samo sat i pol leta ispred mene, a ne 10 do 11 sati.

Jedva da smo poletjeli, nedugo zatim avion se ponovno počeo spuštati nakon što je dosegao visinu od 12 000 metara.

Morao je polako gubiti na visini i spuštati se, inače bi preletio cilj i ne bi pogodio pistu na Krku. Kada je dodirnuo pistu, još uvijek je bio prebrz i morao je dobro zakočiti. Stigli smo na kraj piste! Bio je to stvarno izvrstan let. Kad sam napustio avion, nekoliko metara ispred sebe ugledao sam krčki aerodrom. U posljednjih 8 godina nije se promijenio, još uvijek malen i sladak.

Hrvatska nas je opet imala. Bilo je to samo nekoliko metara pješice i već smo bili u hali za dolazak, izvadili osobne iskaznice, prijateljski pozdravili carinike, kratko pričekali na kofer, a zatim kroz sigurnosna vrata.

Ispred su stajali svi, "sakupljači", muškarci i žene s natpisima u rukama na kojima se vidjelo, koja turistička agencija je došla pokupiti svoje ovčice.

Odmah sam primijetio jednog mladića koji je nosio natpis s našim imenima. Kratko sam podigao ruku i već smo se razumjeli.

Zapuhnula nas je nesnosna vrućina, naočale su nam se zamaglile. Poznavali smo to s Floride, tamo je to bilo uobičajeno.

Očekivali smo vrućinu i veselili smo joj se. Nadam se da naš vozač ima klima uređaj u automobilu, pomislio sam, dok je kofere slagao u stražnji dio minibusa.

Bili smo jedini gosti koje je morao dovesti u hotel. Tijekom vožnje nakon napuštanja otoka, gledali smo okolinu i shvatili da se puno toga promijenilo.

Prije smo uvijek morali voziti kroz Rijeku da bismo stigli do Opatije. Danas je cesta zvana "Kvarnerska Autocesta" bila gotova. Zbog toga od Rijeke nismo vidjeli gotovo ništa. Put se nastavljao bez prekida sve do malo prije Matulja. Tu smo skrenuli prema Opatiji. Prošli kraj Voloskoga na staroj ruti, koju smo poznavali od prije.

Primijetili smo da je sve bilo puno čišće i urednije. Užasi posljednjeg rata, poput rupa od metaka na kućama, nestali su. Ništa nije podsjećalo na strašno vrijeme rata. Vožnja taxijem je proletjela i već je skrenuo na ulaz u hotel

Sveti Jakov, gotovo nasuprot hotela Kvarner.

Nakon što je istovario naše kofere, koji su jednostavno pali tijekom vožnje u raznim zavojima, donio ih je izravno u malu, ali lijepu recepciju. Tamo nas je dočekao prijateljski nasmijan Page. (Da, tamo ih je još uvijek bilo.)

Sa čašom ledeno hladnog šampanjca bili smo pozdravljeni od recepcionarke. Ljubazna recepcionarka zatim nas je odvela u našu sobu na prvom katu.

Nadali smo se da ćemo dobiti lijepu sobu, ali ono što smo ovdje vidjeli, zanijemili smo. Bila je velika i lijepo uređena.

Pogledali smo balkon, vau, to nije balkon, to je bila terasa od oko 30 kvadratnih metara na kojoj smo mogli plesati. Bolje nismo mogli dobiti. S terase smo imali pogled direktno na park Svetog Jakova i crkvicu iza njega.

Nekoliko koraka dalje je hotel Milenij, bivši Jadran, koji smo zapravo rezervirali. Hvala bogu da smo smješteni u Svetom Jakovu, definitivno više nismo željeli ići u Milenij. Gledajući lijevo vidio se hotel Kvarner, bili smo u dobrom društvu!

Sve zgrade okolo bile su u međuvremenu obnovljene i friško pofarbane. Izgledalo je sjajno. "Kvarner" poznajemo od 1968 godine. Tada je bio san jednom tamo odsjesti. Sigurno, za nas u to vrijeme nepristupačno. Pa ipak, imamo nezaboravno sjećanje na ovaj hotel.

Jedne smo večeri 1968 otišli u hotelski bar i čujemo nama poznatog pjevača vani na velikoj terasi. Pjevao je "Morgen", nama poznati hit na njemačkom, jugoslavenski pjevač Ivo Robić.
Zaista smo ga doživjeli uživo!

Godinama kasnije, kad su naša djeca odrasla i odselili se od nas, bili  smo nekoliko puta u "Kvarneru" s roditeljima.

No, glamura kojim je hotel odisao u to vrijeme za nas, više nije bilo.

Bio je to samo hotel kao i svaki drugi. Sada ovdje u Svetom Jakovu više se nebi željeli mjenjati s "Kvarnerom".

Ljubaznost s kojom smo se ovdje susreli i ugodnost u ovom hotelu ne bih želio propustiti. Najprije smo napravili nekoliko lijepih fotografija naše sobe i terase.

Kad smo došli u sobu, na stolu nas je dočekalo: vaza svježeg cvijeća, košarica sa svježim voćem i zdjelica s domaćim pralinama iz hotelske proizvodnje.

Boca pjenušca u posudi sa ledom za pjenušava vina i napisana prijateljska dobrodošlica. Zaista dobrodošlica ne može biti bolja.

Nakon što smo raspakirali naše stvari, bilo je vrijeme da se "osvježimo". Ova vrućina bila je stvarno znojna.

Nasuprot glavne zgrade hotela Milenij nalazila se trgovina Konzum, koja je već bila i 1968 godine i za koju smo, naravno, još uvijek znali.

Tamo smo prvu večer kupili nekoliko boca gazirane vode, još jednu bocu pjenušca brut i komad sira za malu glad navečer. Nadao sam se da ću u hotelu dobiti led za šampanjac.

Za ovu dugo očekivanu prvu večer odlučili smo otići na roštilj, direktno na boćarskom terenu, roštilj je bio tu već mnogo godina. Prethodno smo mogli pogledati web stranicu na Internetu i bili smo iznenađeni kako je sada sve drugačije. Prije je to bio otvoreni roštilj na terasi, a sada pravi restoran.

Kad smo stigli do boćarije, vani smo prepoznali neke starije vatrogasce iz vremena kada smo stanovali u pansionu Jačić, pored vatrogasne postrojbe. Ali oni nas nisu prepoznali. Nije ni čudo, od tada je prošlo bezbroj godina.

Naručili smo miješano meso i pola litre crnog vina. To je zaista bio prvi put da nam jelo nije bilo ukusno. Nekad smo ovdje išli puni entuzijazma, ali danas je to bila katastrofa.

Meso je bilo žilavo i uopće nije bilo dobrog okusa, niti vino nije bilo dobro, jer smo se još uvijek sjećali dobrog vina iz ranijih vremena.

Odlučili smo da više ne idemo tamo. Pogotovo jer je uspon do restorana bio vrlo težak. Vlaga i toplina malo su nas umorile tog dana.

Put do hotela bio nam je utoliko lakši, ali krenuli smo kraćom rutom pored ambulante, a zatim skrenuli lijevo uz hotel Paris u smjeru Svetog Jakova.

Hotel Paris vidio je i bolje dane, sada je izgledao vrlo otrcano i bio je zatvoren. Kad smo stigli u naš hotel, primijetili smo da su nam godine ušle u kosti i radovali smo se terasi.

Sjedili smo vani, uživali u prekrasnom pogledu na park, zvjezdanim nebom i primjetili, kako je to dobro za naše duše.

Pogledao sam Veru i vjerovao sam, ne, točno sam znao, da oboje sada imamo iste osjećaje i misli. Poput filma protekle su prijašnje godine s našom djecom i cijelom trupom pred našim očima.

Ispred nas osvijetljen reflektorima „Kvarner", gdje smo proteklih godina proveli nekoliko kratkih krasnih odmora. Odmah do nje je crkvica u parku, desno stari „Jadran", gdje smo u tadašnjim godišnjima često s prijateljima završili na zadnjem piću.

To su bili naši roditelji sa svojim susjedima Beckmannom, prijatelji Verinog oca, Wickela i njihov otac, Friedel i Hans, sestrična moje svekrve sa suprugom, ponekad i njihov sin, jedanput moj brat sa suprugom i samo jednom Verin brat sa suprugom, zatim Lisbeth, koju smo tu upoznali sa svojim suprugom Heinzom. Naši Nizozemci Lidi i Leo bili su s namo nekoliko puta.

Još jednom sa puno uspomena i zadovoljstva osvrnuli smo se na proteklo vrijeme.

S malom kutijom za led, extra donesenom od kuće, otišao sam u restoran hotela po kockice leda. Bili su iznenađeni kad su me vidjeli kako dolazim s kutijom, konobar je bio vrlo ljubazan i napunio je. Večer na terasi bila je spašena a mi zadovoljni.

5 Lipanj

Probudili smo se rano tog jutra, jer je u sobi bilo vrlo svjetlo, ali sam spavao dobro. Ali kod moje supruge izgledalo je to malo drugačije. Boljela su je leđa.

Madraci su bili pretvrdi. Stoga je razgovarala s Jelenom, simpatičnom recepcionarkom i zamolila je da ako je moguće dobiti mekaniji madrc.

Komunikacija je bila teška, ali nakon nekoliko pokušaja objašnjenja uspjelo je.

Doručak na bazi švedskog stola bio je prvo iznenađenje u novom danu. Bio je vrlo bogato i lijepo postavljen. Konobari su ostali iznenađeni kad su čuli da ne pijemo kavu niti čaj, već samo gaziranu mineralnu vodu. Bilo je prekrasno jutro, nisam osjetio vrućinu od prethodnog dana, a doručak vani bio je jednostavno sjajan.

Htio sam zasladiti Veri jutro čašom šampanjca, ali ona je to odbila. Da, dan ovdje možete započeti doručkom sa šampanjcem. Bilo je to primamljivo.

Da smo se prepustili iskušenju, malo kasnije kod ove vrućine bili bismo onesposobljeni. Osim lososa i kavijara, tu su bili i kolači i sir, sve što vam srce poželi. Jednostavno izvrstan doručak na bazi švedskog stola. Htjeli smo započeti dan mirno, ipak smo mi na odmoru, pa smo doručkovali u opuštenoj atmosferi.

Nakon doručka htjeli smo ići na plivanje, ali nismo znali na kojem mjestu možemo ući u more. Naoružani kupaćim kostimima, napustili smo hotel u smjeru crkve, dalje prema maloj luci, gdje se moglo unajmiti taksi brod ako želite.

Nekoliko koraka dalje bila je plaža Slatina s plitkom vodom poput dječjeg bazena. S druge strane, išlo se ravno u duboku vodu. Tamo nismo htjeli ući.

Zbog toga natrag, uz Lungomare u smjeru "Kvarnera" u potrazi za stepenicama u vodu.

Nakon nekoliko koraka imali smo prvu priliku ući u more. Morali smo se popeti preko nekih malih stijena, ali osvježenje je bilo dobro. Ulazak u more bio je prilično lagan, ali ponovni izlazak bio je teži od očekivanog s oštrim kamenjem u vodi, koje prije nismo mogli vidjeti.

Nismo se imali gdje držati, pomagali smo jedan drugome. Sigurno je izgledalo smiješno, naše veslanje u zraku. Na ovom mjestu garantirano više ne ulazimo u vodu. Osvježenje je bilo predivno, ali taj izlazak iz vode više nije za naše stare kosti. Ne trebaju nam ozljede!

Za ulazak u more moramo smisliti nešto drugo. Zatim smo nastavili do "Kvarnera", skrenuli do našeg hotela i prije svega pod tuš da se riješimo slane vode. Poslije smo išli u šetnju, promatrali ljude i napravili nekoliko lijepih slika.

Da vidimo što se ovdje promijenilo tijekom godina. Više nije bilo moguće ući na plažu Lido, bilo je to jedno ogromno gradilište.

Prijašnjih godina morali smo platiti ulaz na maloj blaganji, a kupališni majstor "Peppi" pobrinuo se da sve bude u redu. Sad nismo mogli ni proći plažom da bismo došli do luke. Stari restoran Lido srušen je i zamijenjen modernim hotelom.

Sada se zove "Bevanda", vrlo ekskluzivno i skupo. Strahovao sam da će vlasnik "Bevande" preuzeti i ljetnu pozornicu, ali kad sam na ogradi ugledao nacrt kako bi sve to trebalo izgledati nakon faze izgradnje, bio sam smiren. Gradilo se, pililo, lupalo, sve što ide uz to kad se gradi novi kompleks.

To sam komentirao kamerom. Prve fotografije poslao sam našoj djeci, neka vide što je nastalo iz plaže na kojoj su se rado kupali.

Sigurno će se sjećati. Platforma i drvena greda i dalje su tu i vjerojatno će ostati u budućnosti. Mislim da će ovo biti vrlo glamurozna plaža samo za goste hotela "Bevanda".

Između "Kvarnera" i "Ville Angeline" još uvijek je postojala platforma (gdje je nekad bio stari drveni Lido dok ga 1981 nije progutao plamen) na kojoj su se mještani mogli sunčati i preko nekoliko stepenica ući u more. Ovo mjesto bilo je super. Zašto si otežavati život kad je tako lako ući u vodu?

Po ovom lijepom vremenu nastavili smo šetnju parkom slušajući pjev ptica. U parku je bilo ugodno, nije bilo tako vruće, drveće i grmlje donosilo je malo svježine. Na kraju parka nalazi se luka s brojnim malim ribarskim čamcima. Ulica vodi direktno do ulice „Ul.Maršala Tita ".

Kad smo stigli na vrh glavne ulice, dali smo si oduška i počastili se ukusnim kapućinom u hotelu Continental. Ovaj hotel također više nije bio za prepoznati. Unutarnje uređenje bilo je potpuno novo. Zanimljiv je bio put do nekadašnjeg pivskog podruma s plesnim podijem vani. Sad su dolje vodile stepenice samo do zahoda. Sve je obnovljeno!

U prošlosti bio nam je zanimljiv jedan stariji bračni par kojeg smo na ovom plesnom podiju susretali svakog godišnjeg odmora. Moja punica je uvijek brzo smislila nadimak za određene ljude. Za ženu ovog para smislila je naziv "Koža".

"Koža", ja mislim da je tada imala toliko godina koliko i mi danas. Očito je cijeli dan ležala na suncu, a koža joj je izgledala poput kože za torbe. Svake večeri bila je u bijeloj večernjoj haljini, vjerojatno zbog preplanule boje.

Njezin je partner također imao kožu kao i ona. Zbog toga smo ih nazvali "Koža".

Prije mnogo godina u zgradi tik do hotela Continental nalazila se kantina. Sjećam se jednog smiješnog događaja. Naš sin Dirk nije bio dobar u jelu a njegovoj je baki bilo vrlo bitno da dijete dobije dovoljno za jelo.

Jednog dana, kao i obično, otišli smo u ovu kantinu na ručak. Za svojeg unuka donjela je sa švedskog stola tanjur špageta sa gulašom. Vjerojatno mu se to nije svidjelo, nakon nekoliko pokušaja povratio je hranu na tanjur.

Njegovoj je baki bilo toliko neugodno, pa je žurno napustila kantinu s njim, ne vraćajući tanjur. Nadao sam se, da nitko nije primijetio ovu nesreću, uostalom, izgledalo je kao da je netko zaboravio tanjur.

Nakon našeg kapućina željeli smo dalje razgledati Opatiju. Udobno smo prošetali prema autobusnom kolodvoru, pokraj nekadašnjeg hotela Palme. Doživio je i bolja vremena. Nakon Balkanskog rata korišten je kao smještaj za izbjeglice.

Danas je super obnovljen, prema zapadnim standardima i zove se "Bristol".

Nekoliko koraka dalje, preko puta, restoran Zelengaj. Ima novi ulaz i više se ne prepoznaje. Ispred hotela Imperial nalazila se terasa na kojoj se moglo ugodno sjesti uz čašu vina ili kavu, promatrati promet i uživati u danu. Danas izgleda sve to sasvim drugačije!

Nasuprot "Imperijala" nalazi se hotel Milenij. Obnovljen i preuređen. Od ranijeg hotela Jadran ostali su samo vanjski zidovi. Zapravo smo rezervirali taj hotel, ali smo zaista sretni, što smo odsjeli u Svetom Jakovu. To je lijep, ljubazan i ugodan hotel u extra-klasi. Sa samo 26 soba skoro obiteljski.

Uz hotel Milenij nalazila se novo izgrađena Slatinska plaža. Godinama prije na Slatini je bio jedan dogački dio pješčane plaže, ali sada je sve betonirano, vjerojatno i radi zaštite ceste uz obalu,od poplave. Na ovom betonskom platou postavljene su ležaljke i suncobrani za turiste. Mještani su uvijek ležali samo na ručniku.

Na rubu plaže, direktno do vode, nalazi se Restoran "Vongola". Pod ogromnim suncobranima nalaze se stolovi i stolice.

Ovdje se može doručkovati, čak i u kupaćim kostimima, i tijekom cijelog dana uživati u najboljim hrvatskim jelima. Sve smo pažljivo pogledali i nastavili prema hotelu Palace, također jednom od najstarijih opatijskih hotela.

U susjedstvu, preko puta autobusne stanice, bila je mjenjačnica u kojoj sam zamijenio novac. Tečaj je bio bolji od ostalih. U "Palace" smo željeli probati poznatu "Cremschnitte ".

Verina majka oduvijek je voljela jesti upravo ovdje u „Palace" njezinu slasnu „Cremschnitte". Iz sjećanja na nju i mi smo učinili isto. Današnji dan želimo mirno nastaviti, uživati i vidjeti, koje nas sve lijepe stvari očekuju.

Bio je vrlo vruć dan, sunce je nemilosrdno peklo. Polako smo krenuli natrag do hotela. Bilo je rano popodne i bili smo umorni ko psi, morali smo malo odspavati.

Nakon toga, kasno popodne, probudio nas je želudac, bio smo gladni. Otišli smo preko puta do hotela Imperial. Na vanjskoj terasi našli smo slobodan stol, naručili svaki porciju lignji s pomfritom i k tome divno ohlađeno crno vino.

Nakon dobrog jela, vratili smo se natrag u naš hotel i bili srdačno pozdravljeni od osoblja. Sjeli smo sa strane hotela u mali kutak za sjedenje, izvan restorana i naručili bocu pjenušca da proslavimo taj dan.

Ljubazni glavni konobar došao je s ledeno hladnom bocom šampanjca, a kolega je donio odgovarajuću posudu sa ledom, stavio je sa strane ne stol i pitao dali je to u redu. Dok je glavni konobar otvarao bocu, ispričao nam je sve o proizvodnji i preradi hrvatskog pjenušca.

Nismo ni pitali za cijenu, boca je izgledala skupo, ali (haha) ne priuštimo si inače ništa drugo!

Tako ljubazno i uljudno nismo bili još nigdje posluženi i bili smo vrlo sretni, zbog ovog načina usluge. Prvi put smo se tog dana zaista opustili i uživali. Nešto kasnije došao je mladi muškarac do našeg stol, predstavio se kao direktor hotela, rekao svoje ime i poželio nam prekrasan boravak u njegovom hotelu.

Na pitanje, sviđa li nam se tu, mogli smo samo potvrditi. Ako nešto trebamo, neka se bez oklijevanja obratimo glavnom konobaru koji je nadležan za sve želje.

Uz napomenu, da ćemo sljedećih dana razgovarati malo intenzivnije, kada bude imao malo više vremena, oprostio se. U ovoj prekrasnoj večeri ovdje u "Malom Parizu", kako smo zvali kutak za sjedenje, želimo uživati. Donio sam iz sobe svoj mali džuboks koji nas svugdje prati.

Dok smo slušali glazbu, stalno sam razmišljao o vrlo mladom direktoru koji mi se nekako činio poznatim. Kamo ga staviti, međutim, nije mi padalo na pamet.

Moja žena pogledavala me sa strane, ali nije ništa rekla. Sigurno se direktor i njoj učinio poznat. Oboje smo se prepustili svojim mislima, bili smo sretni što smo opet u Opatiji i završili ovu lijepu večer na terasi. Gledali smo zvjezdano nebo i veselili se sljedećem danu.

6 Lipanj

Noć je bila teška. Oboje smo ujutro ustali prebijeni. Zbunjeni snovi bili su krivi što nismo mogli mirno spavati kao i obično. Ali što nas je točno progonilo u našim snovima, ni jednom od nas nije bilo jasno. Dok smo doručkovali, pokušali smo, dijelove snova sastaviti poput puzzle. Odjednom smo primijetili da govorimo o našem mladom direktoru.

Kad nam se jučer predstavio prezimenom, možda je to neprimjetno napravilo "klik" u našem mozgu.

Prezime Simonetti stalno se pojavljivalo. To ne može biti nikakova slučajnost. Pogledali smo se i pomislili, da smo opet u 1973. Od tada su prošle pune 42 godine.

Odmor u Španjolskoj 1973 zapravo je zauvijek izbrisan iz naših sjećanja. Očito ne baš skroz! Pola života je u međuvremenu prošlo i opet sam odmah imao sliku neznanca iz "Lloret de Mar" pred očima.

Sjedili smo ukorijenjeni za stolom na doručku, nismo niti primjetili, da su nam tanjuri pospremljeni. Iz zvučnika smo čuli tihu muziku, promatrali crkvicu i gledali vrtlare kako rade u parku.

Kao da sam bio pokrenut daljinskim upravljačem, ustao sam i donio svakome čašu šampanjca. Kad smo si nazdravili, direktor se odjednom pojavio kod našeg stola i poželio nam jedno posebno dobro jutro. Nismo ga vidjeli da dolazi, iznenađenje mu je uspjelo.

Bili smo toliko utonuti u mislima i pomalo uplašeni, stoga nas je pitao nije li nešto u redu sa šampanjcem. Začuđeno smo ga gledali i uspjeli samo reći: „Ne, ne, šampanjac je točno po našem ukusu, hvala. U mislima smo, kako je prekrasno opet biti u Opatiji."

Poželio nam je lijep dan i napomenuo, ako sa nečim nismo zadovoljni, ne trebamo oklijevati već se direktno obratiti njemu. Tada je nestao.

Bili smo toliko zbunjeni, te nismo odmah otišli u svoju sobu, trebali smo još malo vremena, da naša napetost i snovi iz prethodne noći popuste i mi možemo mirno razgovarati o tome.

Ovo sve ne može biti istinito. Ima li ovaj mladić sa prezimenom Simonetti ikakve veze s prošlošću?

Složili smo se i stvarno mislili, da smo taj događaj zaboravili. Direktor je vrlo mlad. Možda je samo slučajnost, da ima sličnosti sa čovjekom iz Španjolske. Nevjerojatno!

Vera je također poput mene mislila da jedno s drugim ne može imati nikakve veze. No, postoji li takva slučajnost? Završili smo za danas sa ovom temom.

Umjesto toga, razmišljali smo gdje bismo mogli bez problema ući u more. Ponovno se penjati po stjenama, tamo gdje smo bili jučer, bilo je preopasno, pa smo otišli na plato gdje su se mještani sunčali i tamo ulazili u vodu.

Sumnjivo smo bili promatrani, ali to nas nije smetalo. To je bilo upravo mjesto na kojem je Mladi, prijatelj dama Jačić, ulazio u vodu. Voda je bila toliko niska da neplivač Mladi nije mogao potonuti. Za nas danas najbolja prilika za ulazak u vodu bez penjanja po stijenama.

Rashlađenje je bilo odlično, uopće nismo željeli izaći iz vode. U prijašnjem vremenu mreže morskih pasa bile nekoliko metara ispred nas, sada je novi hotel Bevanda odvojio stari kupališni objekt Lido i svoj teren novo ogradio užetima. Istu pregradu za svoje kupalište ima i hotel "Kvarner".

Iz vode smo imali lijepi pogled na "Kvarner" i ustanovili, da se tamo nešto promijenilo. Izgledao je, kao da se na krovu nalaze veliki sivi kontenjeri. Kako su mogli ovim kontejnerima unakazniti tako lijep i tradicionalan hotel?

Bilo je rano popodne i pomalo smo osjetili glad, pa smo otišli do restorana Stefanie i naručili mali zalogaj. Dok smo čekali naše jelo, razmišljali smo, bez dogovora, o našem direktoru.

Tema nas ipak nije napustila. Ozbiljno smo se pitali, zna li direktor možda nešto o nama? Je li Španjolac ipak imao fotografiju moje supruge? Zar nije ipak od Lorenza Simonettija (ako je to onaj na koga sumnjamo) doznao o odmoru u Lloret de Maru?

To mi se sve stvarno činilo "španjolskim". Odjednom sam doista postao ljubomoran. Jedno mi je bilo jasno, ako stupim u kontakt s direktorom, biti ću vrlo oprezan. Tema je za sada završena, tako dugo dok nemamo ništa konkretno u rukama.

Dok smo jeli, gledali smo strane automobile u prolazu i šetajuće turiste. Naručio sam još jednu čašu crnog vina, a zatim kapućino za nas dvoje. Sunce nas je umorilo, pa je spavanje bila svakodnevnica.

Bilo je prilično kasno, kad smo se probudili i potpuno iznenađeni, kako dugo smo spavali. Nismo baš htjeli provesti pola popodneva u krevetu. Zapravo izgubljeno vrijeme na prekrasnom suncu.

Tijekom naše šetnje hrvatskim "Walk-of-Fame-om" uvijek smo imali male pauze, kako bismo se odmorili na klupama i promatrali ljude u šetnji.

Pogled na more, bio je odvde neopisivo lijep i oduševljava nas uvijek iznova.

Kao što sam sumnjao, nismo mogli proći pored Grand Hotel Palace a da ne pojedemo slasnu "Kremšnitu".

Večer smo proveli na našoj terasi. Naručio sam bocu pjenušca od konobara, koju nam je, uključujući posudu s ledom, poslužio na terasi. U parku su se postupno palile svjetiljke, a nasuprot nas na "Kvarneru" rasvjeta fasade. Zvona male crkve zvonila su svaki puni sat i njihov melodičan bimbim, bimbim, bio je poput glazbe za naše uši. Upravo smo tako zamišljali večeri na terasi.

Iz vrta "Milenija" tiho je dopirala romantična, tipično hrvatska glazba, a prizor brodova u prolazu okupan svjetlima u boji natjerao nas je da sanjamo.

S vremena na vrijeme čuli smo i nastupe nekih "potencijalnih glazbenika", koji su svoje pjesme izvodili na lungomareu do taksi luke, više lošije nego dobro.

Osjećali smo se transportirano natrag na naš prvi odmor u Opatiji. Bilo je kao i prije, jer su i tada pjevači stajali tu i tamo, na plaži i nabacivavali svoje pjesme do kasno u noć. Bilo je kasno. Bili smo pomalo umorni i pospani, u parku nema više ljudi, postajalo je sve tiše i tiše.

Mjesec je sjao srebrom kroz krošnje drveća. Na ovom pogledu postalo nam je toplo oko srca, utonuli smo svaki u svoje misli, sve dok nam nije postalo previše hladno na terasi. Zvao nas je krevet i nije trajalo dugo dok smo zaspali.

7 Lipanj

Tijekom naše šetnje sjenovitim parkom prema luci nedostajale su nam domaće heklerice koji su prije mnogo godina svaki dan nudile svoje pletene ili heklane dekice, šalove ili lijepo vezene bluze.

Ništa se nije promijenilo u samoj luci, mali ribarski brodovi još su bili privezani sa dugačkim užetom za mul. Veće brodove ili lijepe jahte vidjeli smo uvijek samo u daljini.

Mnogo je ovdje izgrađeno u prošlosti. Neke starije, uglavnom nenaseljene vile vrlo blizu luke nestale su. Veliki hotelski lanac kupio je cijeli kompleks. Na tom mjestu izgrađen je novi, veliki hotelski kompleks s podzemnim parkiralištem. Stvoren je "Hotel 4 Opatijska Cvijeta".

Točno tamo, gdje je nekada bila Pivnica sada je kompleks s novim zgradama. Pokraj njega "5-zvjezdica-Hotel-Royal", izgrađen prema najnovijim standardima.

Lokalni ribari također su morali svoju malu kućicu za čamce, žrtvovati za obnovu. Sada se zove „Bistro Yacht Club" i sada je tu restoran s plodovima mora.

U ovom bistrou htjeli smo danas jesti i naručili smo jednu porciju lignji. Htjeli smo testirati bistro, da vidimo dali je vrijedno ovdje svratiti više puta. To je već bila viša srednja klasa, a shodno tome i cijene. Znali smo vrlo brzo, to nije za nas! Pa opet natrag, kroz park, do našeg hotela.

Za poslijepodne smo planirali šetnju uz more. Zanimali su nas brojni štandovi, a zatim smo htjeli nastaviti preko "Walk of Fame" do nove male lučice, gdje su se privezivali mnogi privatni brodovi.

Lučica leži točno na plaži između "hotela Admiral" i "hotela Kristal", gdje smo boravili prije 7 godina. Tu je bio i mali restoran u kojem smo tada mogli dobro jesti. Dali je i danas tako, moramo testirati.

Nažalost, bilo je jednako loše kao i u Boćariji. Meso tvrdo i bez okusa. Ovdje ne moramo više dolaziti. Ovaj dio Lungomarea, u smjeru Lovrana, očito je bio namijenjen samo turistima.

Mnogi štandovi prepuni predmeta koje ćete pronaći svuda u područjima za odmor. Kao i u prošlosti, lokalni su slikari bili na glavnoj ulici sa svojim slikama i nudili ih turistima.

Moglo se i cjenkati s njima, a većinu njih su to i htjeli, kako je to uobičajeno u južnim zemljama.

Plaža Slatina, koja je novo izgrađena u posljednjih nekoliko godina, ispala je jako lijepo. Za vrijeme godišnjih odmora bila je prepuna turista iz cijelog svijeta. To više nije bilo za nas, jer smo ju usporedili s plažom na Lidu, koju smo jako voljeli. Ali s našim hotelom dobilili smo jackpot, to smo znali!

Mi smo tek nekoliko dana u Opatij i uživamo u svakoj minuti.

8 Lipanj

Nakon doručka išli smo opet na plivanje. Dok smo još bili u vodi i osjećali se jako ugodno, došli smo na ideju da danas odemo do tržnice. Moja je punica rano ujutro voljela kupovati svježe ubrane trešnje od starih žena s Bregi.

Bile su to crne, debele rijetke trešnje. Nisu bile jeftine, ali zato su bile posebno dobrog okusa. Zatekao sam se, kako svaku trešnju, kad sam ju uzeo u ruku, najprije pregledam da nema crva, baš kao i moja punica.

Uvijek je provjeravala neke od njih, ako nije našla crva, bilo joj je svejedno, tada je pojela ostatak bez da ih je provjeravala.

U stražnjem dijelu tržnice, malo odvojeno, na malom prostoru još uvijek se prodavala riba, pa je ovdje prema tome posebno smrdilo na ribu.

Izvana na tržnici još uvijek se nalazi mali, kod mještana vrlo popularan restoran "BUCO".

Zapravo, to je više svojevrsni " pomfrit kiosk", sa par stolova vani. Volimo dolaziti ovamo, čak nas svake godine prepoznaju i obično pozdravljaju rukovanjem.

Naša prva narudžba bila je prženi lignji i pljeskavica s ljutim feferonima. K tome pola litre crnog vina i litru Mineralne vode. Tome smo se dugo veselili, cijena je bila u redu, gotovo se nije promijenila, baš kao i prije!

Konobar Vanja izravno nam se obratio, bio je ljubazan i uljudan kao i uvijek, čak je i njemački malo govorio.

Nažalost, morali smo se odreći porcije pečenih srdela, danas su rasprodane.

Kod te sparine, da izbjegnemo sunce bilo je za nas jednostavnije prošetati se svježim parkom do „Svetog Jakova", nego hodati gore glavnom ulicom. Jer popodnevno sunce još uvijek jako grije i pali.

Kad smo, skroz znojni, stigli na recepciju hotela, Anna-Marija nam je ponudila da se ovdje najprije malo odmorimo. Zatim smo za osvježenje dobili ledeno hladnu čašu pjenušca, uz koju nam je poželjela i dalje lijepi dan i ugodan boravak u "Svetom Jakovu".

9 Lipanj

Već kod doručka srdačno nas je pozdravio direktor. Pitao je, može li sjesti s nama. Očigledno nam je htio nešto reći.

Brzo smo otkrili da govori tečnije Engleski od nas. Vera je u tome bila bolja nego ja, ja sam ponekad imao sa Engleskim probleme. Dugo nisam imao priliku govoriti Engleskim jezikom!

Gospodin Simonetti znao je da je moja žena ima 11. rođendan i da na taj dan slavimo godišnjicu braka. To je morao vidjeti u prijavi. Zato je htio od nas znati treba li nam za taj dan rezervacija stola.

Smatrao sam da je to pomalo nametljivo s njegove strane i nisam se mogao obraniti od tog osjećaja. Kritički sam ga promatrao. Posljednjih nekoliko dana s njim učinilo me opreznim. Što je taj čovjek znao o Veri? Bilo mi je neugodno zbog njegova "mahanja" oko nas.

Možda griješim, ali većinom, kad imam tako čudan osjećaj, nešto nije u redu. Budi i dalje oprezan, rekao sam sebi i nastavi promatrati. Ne osuđujte nikoga, prije nego neznaš o čemu se radi.

Očito se ovdje stvarno radi samo o naručivanju stola.

Zaista to nismo htjeli, jer nam je za jelo poslije 18 sati, kad se kuhinja otvori, bilo prekasno. Mi smo naučeni jesti oko 15 ili 16 sati. Inače nam želudac zadaje po noći probleme. To smo htjeli izbjeći.

To smo mu mogli objasniti, a zatim smo se dogovorili o vremenu koje nam je bilo ugodno. Pozvao nas je na večeru zbog rođendana i godišnjice braka. Zatim se ljubazno oprostio.

Vidio sam da je potajno bacio ispitujući pogled na Veru i da mu je moja žena uzvratila. Dali ju je podsjetio na osobu iz prošlosti? Očigledno to nije mogla baš dobro sakriti.

Nakon doručka otišli smo na kupanje. Naravno, blizu Lida, jer smo tamo mogli lako i bez problema ući u vodu. Dan je bio divan, čista, hladna voda raspoložila nas je, uživali smo!

Popodne smo opet otišli nešto pojesti. Danas je ovdje u "Stefanie" bilo prilično puno. Dali je danas neki poseban dan, zašto je tako puno ljudi ovdje? Konobarice su imale pune ruke posla. Naručili smo si povrće iz woka, a zatim smo imali dovoljno vremena promatrati sve oko sebe.

Kasnije, kad smo se vratili u hotel, razgovarali smo o današnjem danu i došao sam do zaključka da su moja razmišljanja o direktoru vjerojatno samo slučajnost. Pričekaj i popij čaj, pa da vidš što dolazi!

Mnogo sam toga isplanirao za sljedeći dan. Htio sam Veru iznenaditi na njezin rođendan i dan našeg vjenčanja, pa sam razmišljao, kako mogu ujutro na stol za doručak staviti 50 ruža, različitih boja na dugačkim stabiljkama. Idućeg sam jutra nakon doručka otišao do Anna-Marije i pitao je, može li mi za moje rođendansko iznenađenje nabaviti 50 ruža.

Moja žena to ni u kojem slučaju ne smije znati. Bila je iznenađena i začuđena, ali me uvjerila da to može nabaviti. Mogu se osloniti na njih. Nisam pitao za cijenu, ali bio sam siguran da naručiti takav buket u hotelu s 5 zvjezdica nije baš jeftino.

10 Lipanj

Kao i svako jutro išli smo na Lido  na plivanje i nismo se dali uznemiravati cijeli dan. Tijekom dana ponovno smo se sreli s našim direktorom koji nas je pozvao na kapučino. U razgovoru smo mu ispričali o našim putovanjima u SAD i o onome što smo tamo doživjeli.

Pritom nam je podosta ispričao o svojoj obitelji, koja je došla s otoka Krka. O svom oca, koji je bio sklon alkoholu. Budući da je naše znanje engleskog jezika ponekad bilo nedovoljno, vjerojatno nismo razumjeli neke stvari koje smo imali tijekom ovog razgovora.

Često smo morali pitati, ali ni on nam nije mogao vjerodostojno sve objasniti. Bilo je zanimljivo i ponekad vrlo smiješno, koristile su se i ruke i noge. Očigledno je imao malo vremena i uživao u našim razgovorima. Na ideju da nas saslušava, nismo došli. Nakon nekoliko čaša šampanjca, sa kojima nas je počastio, oprostili smo se.

Još jednom smo odlučili ovu stvar ne dalje  pratiti i ne podsjećati se na to. Ali, dali će to uspjeti? Nismo znali, ali smo se nadali.

11 Lipanj

Verin rođendan. Stol za doručak bio je vrlo ukusno dekoriran. Na stolu je bila vaza s 50 divnih ruža, baš tako sam želio da bude. Jutros sam sišao dolje ekstra nekoliko minuta ranije. Htio sam vidjeti dali je moja narudžba uspjela.

Rekao sam supruzi, da želim vidjeti hoće li danas biti moguće, vani doručkovati po ovom lijepom vremenu. Nitko nam ne smije uzeti naš stol.

Ali imao sam sreće, bilo je upravo onako kako sam želio da bude. Htio sam vidjeti Verino lice, kada bude došla do stola. Ja mislim da nije očekivala buket ruža, nismo pričali o tome. A kako sam i mogao to učiniti, nisam išao nigdje sam?

Iznenađenje mi je uspjelo! Stajala je preda mnom, širom otvorenih očiju i ozarena po cijelom licu. Bilo je i suza emocije.

Konobari su zujali oko nas i trudili se, poslužiti nas posebno pažljivo. Bio je to divan doručak. Svi su nam čestitali, a posebno mojoj supruzi njezin rođendan.

Kuharica je donijela ekstra palačinke, koje Vera obožava. Doručak je trajao duže nego inače. Čak su za nas otvorili i jednu bocu šampanjca.

Konobarice i konobari stajali su oko nas i odpjevali jednu rođendansku pjesmu na hrvatskom jeziku.

Zaista smo imali dovoljno vremena na odmoru, pa smo uživali u doručku. Kad smo se nakon toga htjeli odmarati na suncu, na našoj terasi, nije bilo ništa od toga, šampanjac nas je uspavao.

Otišli smo jednostavno u krevet i odspavali još jednu rundu. To nam je sada trebalo.

U popodnevnim satima, odjednom kucanje na vratima sobe. Tko je to? Najprije nisam htio niti pogledati. Da se nije nešto desilo, pomislio sam, pa sam onda ipak odlučio pogledati.

Pred vratima je stajala Jelena, simpatična recepcionarka, s kolicima za posluživanje koje je svakako htjela ugurati u sobu.

Bio sam začuđen i jednostavno sam to dopustio. Doveo sam Veru s terase. Na kolicima je stajala jedna mala rođendanska torta od čokolade, pribor za jelo i tanjuri. Nisam mogao vjerovati svojim očima, boca šampanjca u posudi sa ledom i dvije čaše za šampanjac.

Opet kucanje na vratima, sada je to bio direktor, koji je obavezno želio prerezati tortu. Zatim nam je dao tanjur s komadom torte, natočio šampanjac i poželio nam sretnu godišnjicu braka.

Ova pažnja nas je iznenadila. Zamolili smo njega i Jelenu da popiju čašu šampanjca s nama, no oboje su to odbili i oprostili se.

Sada smo stajali tu, s tortom i šampanjcem, jako sretni zbog ovog dodatnog iznenađenja. Zatim smo komad torte pojeli na terasi i bili potpuno zadovoljni.

Ovaj dan proveli smo na terasi. Predvečer smo se spremili za dogovorenu večeru. Kad smo sišli dolje, glavni nas je konobar odveo do stola rezerviranog za nas, malo dalje od ostalih stolova. Čim smo sjeli, konobari su požurili i donijeli nam hranu.

Počevši sa "pozdravom iz kuhinje", malim predjelom i zato što smo zatražili nešto lagano za pojesti, fino poslužene srdele s lignjama, škampima i finim povrćem. Opet smo dobili i šampanjac. Osjećali smo se kao da smo u zemlji mlijeka i meda.

Nakon večere, direktor je sjeo s nama za stol na nekoliko minuta. Zaželio nam je ugodnu večer i još puno sretnih godina. Završili smo večer s ovim željama. Bio je to jedan lijepi, ali i iscrpljujući dan! Veselili smo se svom krevetu i još smo dugo razgovarali o svemu, iznenađenja su se morala najprije probaviti.

## 12 Lipanj

Hvala Bogu, naspavali smo se i spremni za nova djela. Doručkovati, plivati, uživati! Opet je bilo lijepo i sunčano, nikad nam nije bilo dosta plivanja.

U vodi nam se obratila jedna Hrvatica na našem materinjem jeziku. Sigurno nas je čula dok smo pričali o "Kvarneru" i čudnim strukturama na krovu.

S njom je u vodi bio još jedan plivač, na glavi je imao jednu prastaru crvenu kapu za kupanje, kakve su se nosile prije stotinu godina, kojeg nam je predstavila kao svog bratića.

Tijekom ovog razgovora u vodi saznali smo da je on svećenik u maloj crkvi koju gledamo s naše terase.

Rekao nam je mnogo o "Kvarneru", njegovim čudnim strukturama i novom hotelu Bevanda. Očigledno je bio dobro informiran.

Nikada nebi u ovom čovjeku vidjeli svećenika male crkve. Bio je tako srdačan i ni u kojem slučaju nesvjetski čovjek. Odmah su nam obojica prirasla srcu te smo ih slijedećih dana uvijek iznova sretali.

Osim što smo svakodnevno plivali, dane do odlaska proveli smo i u šetnjama. Odlazili smo u "Stefanie" na prženo povrće u woku ili palačinke, ili u "Vongolu" na slasne Lignje.

Ponekad i do mula na Pljeskavicu, Lignje ili do "BUCO". Za oproštaj smo kod direktora naručili još jedan rižoto sa škampima.

Naš odlazak bio je rano ujutro 18 lipnja. Direktor se osobno oprostio od nas i zahvalio nam se bocom vina, koju neka popijemo kod kuće i mislimo na njega.

Sa tugom smo se oprostili od naše voljene Opatije, ali smo obećali da ćemo se vratiti. Zatim smo se odvezli na aerodrom i u podne smo već bili u svom stanu.

Doživjeli smo puno toga na ovom godišnjem, puno iznenađenja, koje prvo moramo probaviti.

Stalno su nam se u mislima vraćali razgovori s mladim direktorom. Ima li on veze s tim ili nema? Naši pokušaji prethodnih godina da saznamo nešto o čovjeku, koji je bio Verin sin, tada su ostali bezuspješni. Ali postojao je ovaj direktor s tim imenom. Treba li on doista imati nešto s tim?

Može li to uopće biti moguće? Želimo li mi to vjerovati, zamišljamo li mi sve to?

S jedne strane nismo vjerovali, ali s druge strane to je nalikovalo Verinoj nevjeri u Lloret de Maru i još to prezime? Nije nas to ostavilo na miru.


2015 g. Listopad

Jedan tjedan jesenskog odmora s jednom prijateljicom početkom listopada.

Nakon ljetnog odmora u Opatiji, opet smo o tome oduševljeno pričali našim prijateljima. Ali nikome o našoj tajni. Neka na tome i ostane.

No, neizvjesnost nas je polako iscrpljivala. Stoga smo odlučili još jednom pokušati ove jeseni. Željeli smo istinu! Kako ćemo to učiniti, još nismo znali. Da ne postane previše upadljivo, pitali smo našu prijateljicu, rođenu Holandeskinju, želi li letjeti s nama.

Budući da joj je u našem hotelu bilo preskupo, ponudili smo joj da rezervira susjedni hotel Imperial, koji je bio puno jeftiniji. Nakon potpune obnove godinu dana kasnije, ni to nebi mogla platiti. Nismo ju trebali nagovarati, jer nikad nije bila na odmoru u Hrvatskoj. Za nju je to bilo uzbudljivo vrijeme. Bila je stvarno nervozna.

Nervoza je kod nas bila u granicama, mi smo već navikli na mnogo toga. Htjeli smo Conny pokazati gdje smo u našim početnim godinama bili na godišnjem odmoru. Znala je za naše maštanje o Opatiji. Zajedno smo se odvezli do zračne luke u Düsseldorfu.

Od sada nas je bilo troje, radili smo gotovo sve zajedno. Jedina je razlika bila, što je ona odsjela u drugom hotelu. S naše terase mogli smo vidjeti Conny na njezinom balkonu u "Imperialu".

Srdačno nas je dočekalo i pozdravilo cijelo osoblje, prepoznali su nas. Direktor nije htio prepustiti, da nas lično pozdravi šampanjcem.

Vidjeli smo nešto u njegovim očima, ali nismo znali kako to protumačiti. Je li imao lošu savijest, ili bismo ju mi trebali imati? Mi smo bili složni u tome, da otkrijemo tu tajnu. Nismo još znali kako, ali nekako moramo.

Htjeli smo napokon znati istinu, dali ga stvarno nešto povezuje s nama. Jer način na koji nas je uvijek gledao i "odmjeravao" to je moralo nešto značiti.

DNK test od direktora bio bi rješenje. Ali to je bio problem. Kako doći do toga? Imali smo samo jedan tjedan vremena.

Vrijeme nas je izigralo. Nije bilo ugodno toplo kao što smo mislili. Izabrali smo kišni tjedan. Pa smo cijelu Opatiju prehodali, jeli i pili tu i tamo.

Conny smo pokazali hotele, restorane i naravno naš prvi pansion, Jačićevu staru kuću, koja sada ima drugog vlasnika. Njezina reakcija pokazala nam je, koliko smo je usrećili sa njezinim odmorom u Opatiji.

U njezin hotel stigao je autobus pun Nizozemaca, koji su točno u ovo vrijeme bili tjedan dana na odmoru. Tako je mogla razgovarati na svom materinjem jeziku. Ovdje u Opatiji smo razumjeli koliko i ona, naime ništa.

Pomoglo nam je samo to što smo mogli komunicirati na engleskom. Luku Simonettija promatrali smo točno gdje god je bio. Možda ćemo imati sreće da se domognemo iskorištene čaše, vilice ili žlice koju je upotrijebio.

Koliko smo znali, to bi bilo dovoljno za test. Na četkicu za zube ili čak vlas kose, nismo ni pomišljali. Ili test krvi? Jednako teško.

Ne možemo ga jednostavno ozlijediti da dođemo do krvi. Način na koji nas je uvijek gledao, odmah bi primijetio: Nešto se događa! Pa je to palo u vodu.

Morali smo nabaviti nešto korisno. Nekoliko dana kasnije, "komesar slučaj" priskočio nam je u pomoć. Luka se ozlijedio dok je kupio posuđe. Upotrijebio je salvetu da zaustavi krv. U žurbi ju je zaboravio na stolu.

U trenu sam ju pokupio i otišao ravno u našu sobu staviti ju u plastičnu vrećicu koju sam mogao zatvoriti i koju smo uvijek nosili sa sobom. Duboko udahnuti i ostati mirno bilo je sada najvažnije. Malo kasnije uspjeli smo uzeti nož i žlicu koje je koristio. Opet ih stavljam odvojeno u vrećicu. Vjerovali smo, da konačno imamo dovoljno dokaza za DNK test. Tada bi se tjedan isplatio.

Zapravo smo htjeli samo na godišnji odmor, ali potajno smo htjeli otkriti i tajnu o direktoru. Zadnju večer više nismo morali misliti o tome i s nestrpljenjem smo iščekivali let kući.

Tjedan dana bio je mnogo naporniji nego dva tjedna u lipnju. Odlučili smo još na mjestu, da ćemo se sljedeće godine vratiti u Lipnju. Rekli smo to direktoru i vidjeli radost na njegovu licu.

Ako bude u Njemačkoj sve prošlo kako smo mislili, vratit ćemo se u lipnju s iznenađenjem. Sada je sve ovisilo o DNK testu.

Nismo razmišljali o tome kakov je postupak za jedan DNK test. Imali smo osigurane probe, ali tko bi to trebao pregledati? Novi teritorij za nas, bili smo potpuno u mraku! Također nismo imali pojma koliko bi to koštalo!

Sjetili smo se, pitaj Google. Našli smo stotine adresa, samo ništa precizno, sve je bilo samo wiši-waši. Stoga smo odlučili pitati našeg starijeg sina ima li priliku pomoći nam u ovom ne baš tako laganom zadatku. On je informatičar i zasigurno zna više o svemu tome od nas.

Ali daleko od toga, Frank nas je uputio na svog brata, službenika za kriminalističku istragu. Mi smo to zapravo htjeli izbjeći, ali nam je rekao, ako nam netko može reći nešto o tim činjenicama, onda je to samo njegov brat.

Postali smo nervozni, sad smo imali sve što nam je trebalo i nismo znali kako dalje. To nam je pomalo slamalo živce. Imali smo još dosta vremena da sve raščistimo, ali kako? Sljedeći godišnji odmor planiran je za Lipanj 2016, do tada želimo biti sigurni, kad opet vidimo Luku.

Vrijeme nam je odmicalo, a osim toga saznali smo i da su tajni DNK testovi zabranjeni u Njemačkoj. Morali smo nešto smisliti!

Koliko bi jedan takav test koštao također nismo znali. A nismo htjeli platiti ni kaznu do 5000 eura. Zato smo za sada držali prste dalje od toga.

Mnogo tjedana kasnije, tijekom razgovora s našom prijateljicom Conny, u jednom smo se trenutku izdali. Ponudila se pitati svoga brata u Belgiji. On radi na farmi konja i tamo je poznavao nekoga, a on je zauzvrat poznavao nekoga, a on je znao, što se može učiniti. Mogli smo joj vjerovati, pa smo joj dali svoje dokaze za analizu gena.

Nakon nekoliko tjedana stigli su rezultati iz Belgije. Luka Simonetti je zaista unuk moje žene! To nas je stvarno nokautiralo! Kako je direktor to saznao i odakle je on to znao?

Sada smo konačno imali objašnjenje za njegovo posebno upadljivo ponašanje. Hoćemo li ga s ovim suočiti na sljedećem godišnjem odmoru ili ne? To je sada najvažnije pitanje. Vrijeme do našeg odmora nije bilo više tako daleko. Tada smo odlučili, zasad šutjeti.

Zašto bismo s ovom viješću napali mladića? Možda nije imao pojma ali mi smo uvijek njegovo ponašanje, tako tumačili.

Možda je nešto sumnjao, ali nije bio siguran. Moguće je, da mu mama nije rekla za okolnosti očeva rođenja u Opatiji. Bilo je bolje prvo ostati miran.

Sa pomiješanim osjećajima 2016 g. odletjeli smo na Krk. Naš taksist, koji nas svaki put vozi, čekao je kao i obično na aerodromu. Mogli smo se osloniti na njega. Putovanje u Opatiju postajalo je sve uzbudljivije.

Na putu do tamo primijetili smo kako je napredak stigao i ovdje. Hrvatska postaje sve više europska, pomislio sam. Dok smo se zadnjih nekoliko metara vozili do hotela, Vera me odjednom uhvatila za ruku, puls joj je ludovao. Hvala bogu što sam je uspio smiriti. Zatim smo skrenuli na ulicu u park, stigli smo.

Osjećali smo se, kao da smo stigli kući. Uvijek prijateljski doček na recepciji i pozdravi hotela u našoj sobi (šampanjac i praline) osječali smo se jako dobro.

Napetosti više nije bilo ni traga. Nakon što smo raspakirali kofere i pospremili odjeću, sišli smo dolje i osoblje nas je pozdravilo srdačno kao da smo tek jučer otišli.

Pred nama su bila tri tjedna godišnjeg odmora i nismo željeli dopustiti da bilo tko ili bilo što pokvari ove tjedne. Prvo smo se malo prošetali parkom, direktno do "Vongole" gdje smo, sjedeći uz more, naručili ukusni kapučino. Prvi plivači već su bili ovdje i plivali svoje runde. Kako je lijepo ponovno biti ovdje! Betonirani plato kupališnog objekta bilo je pun suncobrana i ležaljki.

Oni su se mogli iznajmiti dnevno za 100 kuna (približno 14 eura). Jedna mlada žena stalno je obilazila i naplačivala od novih pridošlica. Gledali smo događaje i odlučili, ovdje ostajemo sjediti. Danas još ne idemo u more.

Ali sutra ćemo si opet sjesti ovdje, popiti kapučino i odavde ići u more. Nama je to jednostavnije, ne moramo se penjati u vodu preko litica.

Kod "Vongole" postoje stepenice koje vode u vodu. Gledano na ovaj način, radije možemo ovdje potrošiti 100 kuna, popiti kapučino i više, ugodnije nam je nego na tvrdim ležaljkama. Više nismo tako mladi !! To je tisuću puta bolje za naša leđa.

Ako smo gladni, ovdje možemo čak i nešto pojesti. Dugo se nismo mogli izložiti suncu, uostalom, ovo nam je prvi dan. Pa smo se uputili prema hotelu.

Odlučili smo, ići gore do hotela Agava, te tamo pojesti povrće na žaru. To nam je prošle godine bilo tako ukusno. Put uz glavnu ulicu do gore bio je prilično težak za naše stare kosti. U međuvremenu smo napravili nekoliko pauza, ali vrijedilo je.

Konobarica nas je tamo iznenadila. Ne samo da nas je pozdravila sa "Guten Tag", ne, već nas je zapravo prepoznala.

Hrana je bila baš ukusna, uživali smo u vrevi na "Ul. Maršala Tita", glavnoj ulici, a nakon večere krenuli smo natrag. Sve do našeg hotela bilo je nizbrdo, što nam je bilo puno jednostavnije.

Kad smo stigli na recepciju, ponudili su nam čašu šampanjca, a budući da je bilo tako toplo, ovom smo osvježenju rekli DA. Zatim smo se odmorili na našoj terasi, promatrajući ljude koji su prolazili parkom.

Nekoliko ljudi okupilo se ispred male crkve sv. Jakova, prilično otmjeni u finim garderobama. Po tome smo shvatili da se sprema vjenčanje. Svećenik nas je ugledao na terasi i mahnuo nam je. Na njemu smo mogli vidjeti da mu je vjenčanje bilo veliko zadovoljstvo, bio je jako dobro raspoložen.

Tada smo čak vidjeli i drugo vjenčanje. Na hrvatskim vjenčanjima puno se pjeva i pleše prije odlaska u crkvu. Alkohol je također pridonio tome.

Nakon vjenčanja gosti često odlaze na proslavu u "Kvarner" ili "Milenij".

Drugi se voze također svojim autima do drugih hotela, a na glavnoj ulici je povorka automobila uz koncert trube. Onda iznenada tišina, buka je gotova, sve je kao i uvijek.

Ovu večer želimo provesti u našem hotelu, u "našem" prostoru za sjedenje, "Malom Parizu". Još nismo ni sjeli, već je došao konobar s dvije čaše šampanjca.

Nismo htjeli ništa jesti, ali naručili smo bocu šampanjca s ledom. Ovako se može izdržati!

Iz naše sobe donio sam našu voljenu muziku, koja nas je pratila na svim godišnjim odmorima, promatramo ljude i gotovo zaboravimo na okoliš.

Pri tome smo se pogledali i shvatili, da oboje imamo suze u očima, ovdje smo se osjećali tako ugodno.

U 18 sati počela je s radom kantineta hotela. Polako su dolazili ljudi i htjeli večerati. To smo poznavali, tada osoblje ima pune ruke posla. Nije trajalo dugo i pojavio se direktor.

Kad nas je vidio kako sjedimo u "Malom Parizu", nije znao kako brzo da dođe do nas, da nas pozdravi. Zagrlio je Veru i mene, nasmijao se i zračio cijelim licem.

Doček je bio srdačan, baš kao što smo i očekivali. Htio je ponovno navratiti tijekom večeri, ali u kantineti je bilo puno gostiju i tolika gužva da nije stigao doći do nas.

Htjeli smo također otići na svoju terasu i tamo završiti ostatak večeri. Osim toga imamo još ljepši pogled i možemo udobnije sjediti na terasi. Pod sjajem laterni, koje osvjetljavaju park, dopustili smo da dan prođe pokraj nas. Tada je priroda napravila svoje i mi smo čvrsto spavali do sljedećeg jutra.

Ostalo je još tri dana do Verinog rođendana, ovo smo vrijeme proveli plivajući, sjedili u "Malom Parizu" i uživali u večerima uz glazbu uživo ispred Kantinete.

Na rođendan malo nakon doručka kucanje na vratima naše sobe, ispred nas stajala je recepcionarka s kolicima za posluživanje. Na njoj su bila dva tanjura, svaki sa velikim komadom kolača, u posudi sa ledom boca šampanjca, dvije čaše i mali buket cvijeća. Srdačno je čestitala Veri rođendan u ime direktora. Ova čestitka uključujući kolač i šampanjac očito je već postala navika.

Tog jutra moja je žena otišla sama na plivanje, dok sam se ja taksijem odvezao na otok Krk. Zaista sam želio vidjeti pansion u vlasništvu direktorove majke na ovom otoku. Jednom nam je pričao o tome. Nadao sam se, da ću možda vidjeti i njegova oca. Budući da me tamo nitko nije poznavao, htio sam jednostavno malo razgledavati.

Iz bilo kojeg razloga, Vera nije imala volje a niti hrabrosti ponovno vidjeti svog poznanika iz Lloret de Mar. Sada smo jako dobro znali da je Luka Simonetti Verin unuk, kao i njegovi roditelji.

Doista sam uspio vidjeti njegovu majku, bez moga otkrivanja. Luka je jako nalikovao na svoju majku. Nisam mogao vidjeti ima li išta od svoga oca, poznavao sam ga samo iz priča, a tada je on još bio beba.

On je bio Verin sin i rođen u Opatiji, to je bilo potvrđeno i sasvim sigurno. Znao sam savršeno dobro da ga je već godinama izbrisala iz glave. Da je bilo drugačije, sigurno bih primijetio!

Vidio sam, što sam htio, pa sam se vratio u Opatiju. Vožnja taksijem koštala je ukupno 100 € i to mi je vrijedilo toliko. Sljedeća dva dana razgovarali smo samo o ovom izletu.

Vrijeme je prolazilo ko u letu. Plivajući na Lidu ponovno smo sreli simpatičnog svećenika. Susret je uvijek bio jako veseo. Gradilište na Lidu još je bilo prezent. Napravljen je bazen, došli su kamioni i dovezli palme koje su posađene.

Drveni Lido polako je dobivao oblik. Znatiželjni smo, kako će sve to izgledati, kada konačno bude sve završeno.

Jednom smo na plaži upoznali simpatičnu Bečanku. Gospođa, starija od nas, svakodnevno pliva do bove koja čini granicu kupališnog objekta. Uopće se ne boji, iako već ima više od 80 godina.

Zove se Bruni, između nas troje odmah se stvorila kemija. Naši su razgovori uvijek bili vrlo animirani. Doznali smo, da je bila mnogo u Sjedinjenim Državama sa svojim u međuvremenu pokojnim suprugom, te da je često posjećivala ista mjesta kao i mi.

Tako da nam nikada nije ponestalo tema za razgovor. Jednom se nismo mogli suzdržati od smijeha. U preletu nas je galeb posr..., bili smo prekriveni mrljama od vrha do dna, a to je izgledalo stvarno "sranje". Čuli smo da bi nam ovo trebalo donijeti sreću. Čekamo!

Dogovorili smo se sa Bruni, da se sljedeće godine ponovno nađemo u Opatiji, nadamo se da će nam to uspjeti.

Još jedna subota i još jedno vjenčanje, opet smo razmijenili nekoliko riječi sa svečenikom.

Naš nas je direktor napokon uspio nagovoriti na večeru. Cijeli godišnji odmor gotovo nam je išao na živce s tim, nije nam dao mira. Nakon što smo ga sklopljenih ruku molili: samo lagane obroke i ne kasnije od 18 sati, prihvatio je to i poslužio najbolja jela.

Te je večeri čak i jeo s nama, kao što smo vidjeli, s dobrim apetitom. Naravno, poslužio nas je i svojim posebno dobrim šampanjcem, kako i dolikuje. Bila je to zaista lijepa večer.

Nismo razgovarali o mom posjetu pansionu njegove majke na otoku Krku. U tom trenutku odlučili smo, još mu ništa ne govoriti o DNK testu.

No obećali smo, idući godišnji odmor sljedeće godine ponovno provesti u "Svetom Jakovu". Ponudio se, da mu se direktno obratimo kako bi nam mogao napraviti posebno dobru cijenu. Nakon toga smo mu "zaprijetili" 4 tjedna sljedeće godine.

Njegovo lice nevjerojatno nas je obasjalo, vjerojatno to nije očekivao. Skočio je i spontano nas zagrlio. U očima su mu bile suze. Što ga je to toliko dirnulo?

Donio je još jednu bocu šampanjca, koju je sada sam otvorio, te smo nazdravili "dobrom zdravlju".

Mladič nam je postajao sve simpatičniji. Je li znao, ono što mi znamo, ili, zašto je bio tako srdačan? Ostalo nam je još samo nekoliko dana do završetka ovog godišnjeg odmora.

Oprostili smo se sa svima, vidjeli smo kako se vesele, kad su čuli da ćemo im iduće godine 4 tjedna ići na živce. Vožnja do zračne luke i povratni let bili su kratki kao i uvijek. Za ovu godinu Opatija je opet bila gotova. Ludo, već smo se jako veselili 4 tjednima u sljedećoj godini.

Kad je u proljeće došlo vrijeme da rezerviramo naš godišnji odmor u Opatiji, odjednom mi je pala na pamet ideja da ponovno odletimo u SAD. Posljednji smo put bili tamo 2014. godine, ali mi je u stvarnosti nedostajalo u kasnu jesen, sunce i toplina.

Stoga smo ponovno planirali odmor u Americi za listopad i studeni i tamo rezervirali svoj stan. Ali onda je sve ispalo drugačije! Amerika je bila još 3 mjeseca ispred nas kad sam shvatio da više nisam potpuno isti kao što sam bio. Osjećao sam se kao da stojim pored sebe. Nekoliko dana sam se kritički promatrao, a o tome sam razgovarao i sa suprugom.

Savjetovala mi je da odem svom liječniku, što sam i učinio nakon malo oklijevanja. Katastrofa je počela. Iz liječničke ordinacije odmah sam bio prebačen kolima hitne pomoći u bolnicu, a nekoliko dana kasnije stavljeno mi je 6 stentova u srce.

Ništa više nije bilo u redu. Cijeli život bio mi je poremećen. Odmor u SAD mogli smo zaboraviti, pola godine nema letova. Novac za rezervaciju nismo dobili natrag.

ALI, još sam živ i nada da ću sljedeće godine vidjeti Opatiju bila je velika. Međutim, za to mi je potrebno da kardiolog veli OK. Imao sam sreću. Opatija je spašena.

Nismo mogli u SAD, ali nakon Opatije opet je došao na red SAD. Bio je samo odgođen. U Lipnju 2017 opet smo odletjeli na Krk i u vožnji do hotela obuzeli su me napetost i radost i odjednom sam morao zaplakati.

Naš svako-godišnji taksist to nije vidio, moja supruga me poznaje ali nije ništa rekla. Osjećala se kao i ja. Veselje je jednostavno bilo preveliko.

Kad smo stigli u hotel, dočekalo nas je iznenađenje. Recepcija je premještena, više nije dolje pored blagovaonice. Sada se nalazi na katu više, ulaz ravno sa "Ul. Maršala Tita ".

Prostorija je veća i puno svjetlija te se može vidjeti ravno s ulice, kao što bi trebalo biti u hotelu. Primilo nas je novo osoblje i srdačno smo bili pozdravljeni sa čašom šampanjca.

Srdačnost je bila velika kao i uvijek. Ponovno smo se osjećali kao kod kuće.

Nakon što smo bili ispraćeni u našu sobu, zatekli smo, baš kao i prijašnjih godina, poznatu dobrodošlicu. Svježe cvijeće, tanjurić s pralinama, obavezna boca šampanjca i "pismo dobrodošlice" od uprave.

Nismo niti očekivali drugačije. Nakon što smo se osvježili i otišli u Kantinetu, direktor nas je tako oduševljeno pozdravio, da smo se zapitali što se dogodilo.

Smirilo nas je jer se na njemu vidjelo, da se stvarno nevjerojatno veseli. Imao sam osjećaj kao da on zna više. Ali vjerojatno se varam, jer nije ništa napomenuo.

Pomno smo ga pogledali i primjetili da se momak doista veseli. Teško za vjerovati. Jesmo li mu zaista bili samo gosti na odmoru? Nekako sam postao nemiran. Što se dogodilo? Zašto je bio tako ljubazan prema nama? Jeli to samo zbog moje priče o mom srcu? Ili je sumnjao o našem testu?

To je nemoguće. Vera me smirila i rekla da je već zadnjih nekoliko puta bio tako prijateljski i uljudan.

Htjeli smo se prvo prošetati i "aklimatizirati se". U parku smo vidjeli da je krov nad svećenikovim stanom pored crkvice odkriven. Izgledalo je kao da je ondje bjesnio vatreni vrag.

Kad smo pitali osoblje u hotelu o tome, rečeno nam je da je svećenik sam zapalio krov. Ispričali su nam gotovo nevjerojatnu priču. Svećenik je nakon snažnog gutljaja iz boce zaspao uz svijeću i vatra je uništila cijelu krovnu konstrukciju.

Srećom, pozvana vatrogasna jedinica uspjela je spasiti crkvu. Nismo mogli vjerovati sve to, ali vidjeli smo rezultat. Obično je i malo istine tu.

Puno se toga promijenilo na našoj terasi, imamo nove ležaljke i stolice za terasu. Izgledalo je stvarno jako dobro, ali brzo smo shvatili da je udobnost nešto drugo. Zato smo tražili dvije stolice iz restorana. Na njima smo mogli udobno i opušteno sjediti cijelu večer.

Nekoliko dana kasnije dobili smo i ogroman televizor. Bio je tako veliki, da je prekrio skoro cijeli zid. Ali bio je super, čak i veći od našeg televizora kod kuće!

Šetajući uz Lungomare otkrili smo, da je nova drvena konstrukcija na Lidu bila skoro gotova i da se Lido sada službeno naziva "Bevanda", bilo je sunčališta, pa čak i bar na plaži. Čak su imali i prilično ukusan kapučino.

Nekoliko dana kasnije restauracija u drvenoj zgradi bila je završena i ovdje se moglo dobro jesti. U početku smo mislili da je ovaj restoran uglavnom namijenjen mlađoj generaciji, ali ne, tamo su gosti bili i normalni ljudi poput nas.

Kao i uvijek, na Verin rođendan slavili smo i našu godišnjicu braka. Iz tog sam razloga na recepciji opet ženi naručio cvijeće. Sve je dobro funkcioniralo, buket je bio na stolu za doručak!

Kad smo došli u svoju sobu, dočekalo nas je veliko iznenađenje. Soba je bila šareno ukrašena. Na svjetiljci su visjeli baloni, naši kreveti bili su ukrašeni laticama ruža. "Srdačan pozdrav od osoblja", mogli smo pročitati na priloženoj kartici.

I nije potrajalo dugo i začulo se kucanje. "Isti postupak kao i svake godine":

Direktor i konobar; kolica za posluživanje s čokoladnom tortom; praskalice; boca šampanjca u posudi sa ledom i čašama;

A sada bismo trebali pojesti još dio torte nakon fantastičnog doručka? Luka je inzistirao na tome da tortu prereže i svakome od nas servira po komad.

Morao je i to doživjeti, da mi štrajkamo! To smo si spremili za poslijepodne, a zatim smo ostatak torte vratili natrag u kuhinju sa zahtjevom da ga podjele osoblju. I to je upalilo.

Dan je počeo dobro. U popodnevnim satima htio je Luka sjesti s nama, i nazdraviti čašicom pića za rođendan. U prošlogodišnjem razgovoru rekao sam mu da sam napisao nekoliko knjiga, uključujući i onu o "Rudolphu, sobu crvenog nosa i njegovoj posadi".

Bio je jako zainteresiran i ja sam mu obećao knjigu na hrvatskom jeziku.

Dvije sam knjige dao našoj bečanki Bruni još prošle godine. Kad smo se ponovo sreli, bila je oduševljena i rekla je da bi kao učiteljica čitala djeci iz tih knjiga jer se u svakom atlasu mogu pogledati razne stvari.

No, nažalost, već dugo nije na poslu, u mirovini je! Ove godine dobila je moju knjigu "Moj otac, diplomat". Da vidimo što će o tome reći sljedeće godine.

Imali smo jako ugodan razgovor s direktorom Simonettijem. Pričao je i pričao, o svojoj obitelji, "Jugoslavenskom ratu" itd. itd.

Razgovor se poveo i o njegovom ocu, koji je poginuo u posljednjem ratu između Hrvatske i Srbije.

Bilo nam je jako žao, Vera to uopće nije očekivala. On je bio njezin sin, kojeg je htjela zaboraviti, no može li to doista jedna majka? Potpuno izbrisati svog sina iz sjećanja? Nisam vjerovao.

Kad samo razmislim, što smo sve poduzeli nakon našeg putovanja u Mađarsku, koje nije dovelo do nikakvog rezultata. Nas smo dvoje u prošlosti mnogo puta govorili o njemu. Zapravo nismo to htjeli, ali ovisno o raspoloženju, uvijek je isplivala ta tema.

Točno sam znao koliko joj je teško, obećali smo si da ćemo ga izbrisati iz naših života!

Ali sada se Luka stalno vraćao u naše živote. Kao da smo dobili jedan poklon. Kad je pogledao Veru, skoro se rastopila. Jednom mi je rekla da kad ga pogleda u oči, sjećanje na njegovog oca u Španjolskoj ponovno je tu.

Unatoč bliskosti s Lukom, nismo mu još mogli reći što smo saznali kroz test. Bilo je bolno za nas, a vjerujemo i za njega.

Drugi dan smo opet otišli na Slatinu na kupanje i vidjeli daleko vani usidrenu jednu ogromnu jahtu. Ovakav brod još nikada nismo vidjeli ovdje u Opatiji, znamo ih samo iz Fort-Lauderdalea ili Miamija / Floride.

Napravio sam nekoliko fotografija i navečer pitao Luku zna li tko je vlasnik jahte. Nakon nekoliko telefonskih poziva, znao je da pripada bogatom ruskom oligarhu. Na Slatini smo već vidjeli ruske turiste, ali oni sigurno nisu bili na ovakvom brodu.

Sljedećih nekoliko dana, u slobodno vrijeme, zaokupio sam se dizajniranjem novinske stranice na računalu, kojom sam želio odati priznanje Luki i njegovom hotelu.

Vera je došla na ideju da hotelu da posebno ime, naime "Hotel velikog srca".

Točno tako sam napravio i stavio ovaj naslov na prvu stranicu. Stalno sam fotografirao određene situacije u hotelu, goste iz cijelog svijeta, od kojih je većina bila samo u prolazu.

Također od muzičara ili pjevača koji su navečer muzicirali za goste.

Nama se toliko svidjela "Novinska stranica" da sam ju odmah poslao Luki e-poštom, a on je naravno pronašao unutra i svoju fotografiju.

Sljedećeg jutra, veliko uzbuđenje među osobljem. Luka je kod svog prijatelja dao, isprintati stranicu na DIN A3 fotopapiru, a zatim je objesio u kuhinji. Nisam mogao predpostaviti, da su svi bili toliko oduševljeni tim tiskom. Direktor je također poslao e-poruku svom poslodavcu i rekao nam da je i on bio oduševljen.

Zapravo sam time želio učiniti Luki uslugu. Nisam očekivao da će to naići na tako veliko oduševljenje i privući tako široke krugove. Sljedeći dan potražio sam neke e-mail adrese iz novina u predvorju i poslao im tisak u nadi da će napraviti reklamu za hotel.

Iznenađenje, iznenađenje, zapravo mi smo bili zamoljeni od urednika jednih novina (Jutarnji list) za intervju. Za to nam je trebala pomoć jednog od recepcionara kao prevoditelja.

Prošlo je nekoliko dana i dobili smo odgovor, izaći će sutra jedna cijela stranica u novinama, o nama i hotelu. Zatim sam otišao do Luke i rekao mu: „Sutra ćeš biti u novinama!" Njegovo lice bilo je jedinstveno, sijao je po cijelom licu poput lampe od 1000 wati.

Recepcija je ujutro nabavila nekoliko primjeraka, jedne novine bile su na našem stolu za doručak. Oduševljenje je bilo veliko. To, što sam želio postići, uspjelo je. Luka je dobio svoju reklamu. Ja sam svoj zadatak ispunio!

Na plaži Slatina čak su nas prepoznali i neki Hrvati koji su nas i Luku vidjeli u novinama. Za susjednim stolom na Slatini, sa nama je započeo razgovor o tome jedan mladi čovjek, njegova djeca su se igrala u vodi, saznali smo da je Hrvat, živi u SAD i sada je ovdje kod roditelja na odmoru.

Sljedećih nekoliko dana, dok smo šetali, primjetili smo svako malo zainteresirane poglede. Mogli smo si samo zamisliti, da to ima veze s novinskim člankom.

Kratko prije našeg odlaska, Luka nas je

ponovno pozvao na lijepu večeru. Uz bocu šampanjca poslužio je i male kanape. Vjerojatno je i sam imao veliki apetit za to, jer je jeo sa užitkom.

Zatim nam je rekao, da će nam vlasnik njegova hotela za sljedeći odmor dati popust, ako dođemo opet. Nasmijao se i rekao ležerno, moglo bi proći 6 ili 8 tjedana.

Naravno da to nismo očekivali, ali smo se jako veselili zbog toga. Dali smo obećanje da ćemo sljedeće godine ponovo doći, samo ne u kojem mjesecu i koliko dugo.

Bio je oduševljen i već nam je zaželio sretan povratak kući, sve najbolje i puno zabave na sljedećem odmoru na Floridi na otoku Marco. To smo i imali.

Ostali smo u kontaktu s njim godinu dana. Povremeno bi nam slao poruke na koje smo uvijek rado odgovarali. Tako je vrijeme do Lipnja 2018 g, prošlo gotovo u trenu.

Ovaj put ostali smo čak 6 tjedana u Opatiji. Skoro kao u ranijim vremenima, naviknuti smo bili. Pozdrav u hotelu nije se promijenio, kao i uvijek uz šampanjac i cvijeće. Također srdačna dobrodošlica cijelog osoblja a Luka si nije dao oduzeti pravo da nas prvi pozdravi.

Pomno smo ga pogledali i vidjeli malu promjenu na njemu. Izgledao je sretno i zadovoljno. Kao veliki dječak koji je bio zaljubljen. Doista je bio, pričao nam je o svojoj djevojci, koja radi u Rijeci.

Kao iznenađenje, predao sam mu svoju novu knjigu o Rudolphu. Bio je oduševljen, mogao ju je pročitati, jer je prevedena na hrvatski. Njegovo čuđenje bilo je veliko i htio je znati, zašto hrvatski?

Zatim sam ispričao o svojoj dobroj poznanici, ona potječe uostalom također iz Opatije, ali živi u našem gradu i ona je prevela tu knjigu. U Opatiju će stići sljedećih dana i upoznat ćemo je s njim.

Odmah je upitao može li dobiti 3 knjige za svog šefa. Naravno imao sam ih sa sobom.

Sljedećih dana smo se kao i uvijek privikavali, išli u šetnje i naravno svako jutro išli na kupanje na Slatinu.

Nekoliko dana kasnije stigla je i Bruni iz Beča. Veliko veselje s obje strane. U jednom trenutku me upitala: "Reci mi, je li to istina s tvojim ocem, diplomatom?" Vera i ja smo se nasmijali, a Bruni nas je gledala kao da se šalimo sa njom. Misila je to smrtno ozbiljna.

Ali uspio sam je smiriti i rekao: "Bruni, to je jedna priča koju sam izmislio. Samo je nešto od toga  istina, to sa ocem diplomatom  izmislio sam".

Tada je rekla: "Da, ne bi bilo loše da je tako bilo, tako se nešto jednostavno dogodi, ali sad sam smirena." Bruni je ostala opet 10 dana i sreli smo se svako jutro na Slatini, išli na plivanje a zatim smo se počastili obveznim kapućinom i topla kola za nju.

Posjetila nas je i moja prevoditeljica Ljubi, koja je došla s bratom iz Zagreba, gdje ima malu kućicu. S njih dvoje smo taksijem otišli u Lovran na ručak. Bilo je divno, kao nekad. Restoran Knezgrad u Lovranu i dalje postoji. Bila je tu i vlasnica Evelin, već je stara i više nas nije prepoznala.

Naravno da sam mislio napraviti nastavak svojih novina "Opatijske novosti". Ljubi je došla na ideju, pitati rođakinju, novinarku u Opatiji želi li napisati članak o nama i našoj 50-godišnjoj ljubavi prema Opatiji, (ujedno bi to bila i reklama za hotel) koji bi se trebao pojaviti u mjesečnom opatijskom izdanju "LIST GRADA OPATIJE".

Nisam vjerovao da će to uspjeti, ali to je ipak postala stvarnost. U jednom trenutku došao je Luka do nas i obavijestio nas o dolasku jedne reporterke koja bi htjela napraviti intervju s nama.

Bio je znatiželjan i htio je znati kako to i zašto. Ispričali smo mu stvar s Ljubi i da je ona to organizirala. Veliko uzbuđenje u hotelu. Sljedećeg jutra za intervju je bio rezerviran stol ispod trijema.

Naravno da je Luka bio tu i svime upravljao. Fotograf je slikao, reporterka i Luka razgovarali su na svom materinjem jeziku. Za nas su imali prevodioca. Luka je donio isječke iz novina od prošle godine. Uokvirio ga je i objesio na recepciji, svaki ga je gost mogao pročitati.

Naravno da je sa sobom imao i moju na hrvatski prevedenu knjigu o Rudolphu. Tijekom intervjua direktor je namignuo i ispričao, da smo ga usvojili kao drugog unuka.

Jednom smo iz zabave rekli, budući da se tako dobro razumijemo, on bi nam zapravo mogao biti drugi unuk. Sada je on to najbolje iskoristio.

Cijeli intervju trajao je gotovo sat vremena i bio je to vrlo ležeran razgovor. Reporterka nam rekla da će članak biti objavljen u sljedećem broju. Luka je očito bio presretan što će ponovno biti u novinama.

Cijela stranica u „Listu grada Opatija" bila je posvečena nama. Ljubi, naša prevoditeljica, prevela nam je članak.

Naslov članka bio je –
**U Opatiji „Posvojili unuka".**

Njegova izjava o drugom unuku učinila nam se malo tajanstvenom. Znade li on ipak više, ali nas nije obavijestio? Postajao je sve ljubazniji i uvijek nam je nudio nešto posebno.

Išao je s nama na sladoled u "Milenij". Drugi put u jedan od  hotela 4 cvijeta na marendu. Sljedeći  puta  morali  smo svakako sa njim ići na ribarnicu u Rijeku. Tamo je kupio sardele i povrće.

S Verom je probao posebno kiselu ribu izravno na prodajnom štandu. Sljedeći dan morao sam sa njim ići u kuhinju i kuharica mi je pokazala kako se pripremaju i prže sardele. Bila mi je to velika čast!

Kada smijete ući u kuhinju hotela? Meni je bilo dopušteno gledati sve pa čak i snimati. Na kraju sam na poklon dobio čak i kapu od kuhara sa njegovim potpisom. Nisam ni znao što mi se to događa!

Sljedećeg dana vidjeli smo našeg svećenika i pitali ga o požaru u njegovoj crkvi. Žurio je, pa smo se dogovorili da se nađemo sljedećeg dana popodne kod nas na terasi.

Kad je stigao na našu terasu, donio je malu bočicu domaće šljivovice. Moramo ju probati i reći kakav je ukus. Zatim nam je točno ispričao   kako je došlo do požara.

To što ljudi pričaju, sve su to besmislice. Ako bude imao sreće, grad će preuzeti dio troškova krova a ostatak crkva. Nadao se. Ovu priču ispričali smo Luki, da jednom konačno prestanu glasine o piromanu.

Opet nas je Luka razmazio sa jednom večerom. Pozvao nas je da probamo svježe pržene sardele. Zatim ukusni kanapei i naravno šampanjac, kako bi moglo biti drugačije?

U međuvremenu smo bili posljednji gosti u ovim kasnim satima i Luka je počeo pričati o svojoj majci. Saznali smo da je nehotice vidjela Verinu sliku na njegovom mobitelu.

Ispostavilo se da je davno vidjela Verinu sliku u novčaniku svog supruga. Kad je pitala supruga o tome, izvlačio se sa odgovorom.

Od bake i djeda, koji su već umrli, saznala je da je njezina supruga u brak, sa sobom donio djed. Verina slika u mobitelu bila je vrlo slična njemu, a i sada fotografija Luke u novinama, govori mnogo.

Ne znamo zašto nam je Luka to ispričao, možda mu je šampanjac olabavio jezik. Pogledao je Veru tako sretno, da sam se morao nasmijati u sebi. Očigledno nije primijetio, ali zašto je bio tako umiljat? Bilo je to čudno sa njim.

Sljedećih nekoliko dana izradio sam novu novinsku stranicu koju sam, naravno, želio ponovno dati direktoru. Kao poseban geg, preveo sam rečenicu "Hotel s velikim srcem" na različite jezike, poput kineskog, ruskog, japanskog itd.

U svim tim godinama doživjeli smo, da su gosti iz različitih zemalja bili u "Sveti Jakov" i htjeli smo Luku usrećiti prijevodom. Neke sam od njih fotografirao i stavio na stranicu u novinama. Kad je to bilo gotovo, poslao sam mu ga i bio je oduševljen, svidjelo mu se.

Prije kraja našeg godišnjeg odmora doživjeli smo snažnu oluju, koja se ovdje naziva "Jugo". Bilo je doista jako loše, valovi visoki preko metar prelijevali su se daleko preko obale i napravili neka oštećenja.

Na sreću, oluja je brzo prošla. Kao i prošle godine, na kraju godišnjeg odmora opet je "Retropatija". Glavna ulica je zatvorena, a nasred ulice se slavi.

Dio stanovništva nosi odjeću iz "dvadesetih", zuje oldtajmeri. Svugdje se svira glazba, a bradu sam ošišao u brijačnici koja je bila postavljena na ulici.

Šest tjedana bliži se kraju. Ponovno je to bilo jedno prekrasno vrijeme u Opatiji, koje nam je Luka posebno zasladio.

Na dan odlaska došao je k nama s

ogromnim iznenađenjem. Dao nam je bocu šampanjca od 3 litre. Zbog toga se extra odvezao u podrum pjenušavog vina. Boca je bila tako teška, da nismo znali, kako ju uzeti sa sobom. Uostalom, bili smo avionom.

Zbog toga prtljagu prepakirati i vidjeti kako je to sa težinom. Izgrdili smo ga, jedna normalna boca bila bi dovoljna, ali ne, on je tako želio. Ovu bocu neka otvorimo na našem božićnom obiteljskom okupljanju i neka svi uživaju.

Od toga bi želio imati našu obiteljsku fotografiju, što smo mu naravno obećali.

Ovog puta oproštaj od Opatije bio je posebno težak, osjećali smo se kao da smo dio jedne velike obitelji.

Na kraju, Luki nismo potvrdili da je on naš unuk. Možda on vjeruje da zna, mi znamo točno, ali nas on nije pitao o tome.

Tijekom našeg sljedećeg odmora u SAD, bili smo u kontaktu s Lukom gotovo svaki dan putem "WhatsAppa" i bili smo sretni o njegovoj privrženost tijekom cijele godine. Možda će u budućnosti ipak doći do razgovora.

Zapravo mu mi ne želimo zatajiti istinu, međutim mi smo mišljenja da bi on trebao preuzeti inicijativu. Naučili smo se, voljeti ga i Luka sada neopozivo pripada našoj obitelji.